KB0093562

푸른사상 시선 163

천년에 아흔아홉 번

푸른사상 시선 163

천년에 아흔아홉 번

초판 1쇄 · 2022년 10월 12일 | 초판 2쇄 · 2022년 11월 22일

지은이 · 김려원
펴낸이 · 한봉숙
펴낸곳 · 푸른사상사

주간 · 맹문재 | 편집 · 지순이, 김수란, 노현정 | 마케팅 · 한정규
등록 · 1999년 7월 8일 제2-2876호
주소 · 경기도 파주시 회동길 337-16(서패동 470-6) 푸른사상사
대표전화 · 031) 955-9111(2) | 팩시밀리 · 031) 955-9114
이메일 · prun21c@hanmail.net
홈페이지 · http://www.prun21c.com

ISBN 979-11-308-1957-0   03810
값 10,000원

울산광역시   울산문화재단 ULSAN ARTS AND CULTURE FOUNDATION

이 도서는 울산문화재단 '2022 전문예술인 지원사업'의 지원을 받아
발간되었습니다.

푸른사상
시선
163

천년에 아흔아홉 번

김려원 시집

푸른사상
PRUNSASANG

덜컹 새벽 귀가 열리고
펜리스 울프, 그 정오의 턱주가리가
프리지어색 물방울들을 삼킨다.
억만 년을 이어온 이 저녁의 눈빛은
토마토에 치는 히말라야 핑크소금의 결정
그날의 질량을 저울판에 올리는
밤 11시의 어둠은
오오래 익은 오디색 무게로 물드는가.
식탁이 그립지 않은 날
간간한 케첩으로 끼니를 채운다.
카나리아색 설탕을 엎지른 날은
시간의 흰 그늘을 그곳에다 드리운다.
더듬더듬 머뭇거리다 나의 발끝은
어느 생애에 불시착하겠는가.
깊은 어깨를 내어주는 당신은 종종
에메랄드그린 깜빡이라서.

2022년 9월
김려원

제2부 노란이 녹는 정오께

제3부　이 저녁의 보랏빛

제4부 밤 11시, 에메랄드그린 침대

제1부

새벽은 이마가 희다

폴리 혼방

봄날에 산 셔츠를 봄날에 버렸다.

천연의 빨랫줄과 합성의 바람은 여름과 가을에 발진만 돋게 했다. 혼방(混紡)을 혼방(混房)으로 오해했다. 이유 없는 반항들이 살갗에 닿는다를 이유 없는 변방들이 거칠다로 써 두었다.

반항을 들추면 방향이 숨었다.

방방 곤두설 때마다 화들짝 찔레장미가 피고 툭 끊어지는 천연과 화르륵 불타는 합성이 한 빨랫줄에서 마르고 젖었다. 쌍방의 주의사항을 두고 취급을 미루는 쌍방이 다투는 세탁법으로 같은 방향을 다르게 도는 우리 집

합성의 그악한 심성이 천연의 성깔에 보풀리는 혼방의 하룻밤이 매일 지나고 있다.

거칠어진 아침을 내다 버리는 오해가 각방으로 도는 중이다.

사진의 뒷면

너는 왼쪽을 찍었고
나는 오른쪽을 찍혔다

그것을 모르는 척하기 위해
흰 벽면을 숨겨두고 우리는 앞쪽의 즐거운 컬러들
그렇다면 찰칵, 이라는 소리는
또 얼마나 얇은 부피인가

그리운 찰칵
먼 부피

주인공은 따로 있다
매 순간의 주인공은
치즈나 김치를 먹은 스마일

어느 날의 스마일을 흉내 냈을 때
그날의 엄마가 돌아와 벽으로 돌아누웠다
지긋지긋한 발음 몇 마리가 천장에 부딪쳤다
귀찮은 천장이 방바닥을 긁었다

벽장에 숨겨둔 증상들이 바깥을 넘봤지만
아무도 달 별 해 그런 질환을 앓고 있지 않았다
달을 뽑아내고 별을 심는 때가 매달 왔으므로
두서없는 기분 따위는 무채색으로 눌러두었다

개꿈 다음 날의 아픈 무릎을 위로하며
퉁퉁 부은 신발을 내던진다
멸망한 어제가 합류하고
어떤 사진을 들여다봐도
나는 늘 가장자리에 서 있다
온갖 그랬다면 저랬다면으로 귀퉁이가 닳아온,
뒷면은 여전히 흰 벽이고
누렇게 변해가는 주인공들
물방울 번진 표정으로 기대어 한 컬러인
우리의 훗날

애월의 얼룩

배에서 내렸을 때 입술 붉은 소녀의
손톱은 얼룩무늬였다.

눈길은 낮달을 향했으나
얼룩무늬를 보는 내 손톱은 길어지고
자주 손톱을 칠해온 소녀는
낮달같이 하얬다.

젖은 머리카락이 이마에 흘러내려
티파니색으로 날렸다.

배에선 못 보았던 손톱에서
얼룩이 붙은 낱말들이 쏟아질 것 같아
나는 자꾸만 얼룩말 얼룩말을 되뇌었다.

애월 바다가
소녀의 눈빛을 닮아서

애월 바다 소금기가

내 손톱에 끊임없이 들러붙었다.

소녀가 제 눈빛을 찾아
파도를 붙잡을 것 같아

나는 조그만 얼룩무늬를 내 손안에
꽉 그러쥐었다.

바다를 보는 내 귀가 얼룩을 닮아
오래도록 철썩인 애월이 남았다.
얼룩에 얼룩을 덧씌우며 남았다.

머리칼

머리칼은 체내의 감정
일일이 챙기지 못해 질끈 묶는
때때로 지지고 볶는 일로
뜨거워진 바닥이 들춰지는

어느 날 뒤울이 들면 올올의 칼, 머리의 칼, 그 속에 손가락을 집어넣고 수많은 칼날을 쓸어넘기지

날을 품은 미세한 길들이 비의 전주처럼 공중에 흩날리지

털은 소름의 일가붙이들
칼을 최초로 찾아내는 온몸의 감각

청회색 새벽이 눈뜨는 소리, 언 빨래가 햇살을 잡는 기운 혹은, 젖은 허공을 뚫는 감자 싹의 독기 같은 것. 머리털은 그러나 나에게서 가장 먼 바깥의 감정, 사는 동안 셀 수 없이 잘라내고 잘라내지. 한 올도 아프지 않은 슬픔을 끊어야 하지

내 귀에 가장 가까운 말과 먼 말은 털에게 물어보면 알지.

한 올도 아프지 않은 기쁨을 답해야 하지

털은 그래서 몸 밖의 마음
거짓말을 분류하는 손의 기분

현호색 풀밭

풀밭이다 방금 현호색이 지저귀고 종달새가 솟았다 숙이
가 그네 곁으로 갔다

누울까 말까 풀밭이다 하늘색 풀밭이므로 누워버리자

그녀 병실의 쯔쯔가무시 발열보다 무서운 풀밭

풀밭 속의 풀밭이다 누워 뒹굴어볼까 흰 구름 부풀듯

나를 옥죈 사춘기의 브래지어 뜯어내고

맨살로 엎드린다 눌려 있던 젖꼭지를 풀밭 속의 풀밭에
심는다

풀밭 속의 풀밭에서 내 몸을 말아 쥔 이 비너스를 그
만……

여우각시는 야로우 곁으로 갔다 풀밭이 아니다

그넷줄 당겨 숙이를 펼치자 펼쳐진 그녀는 까진 무르팍으로 그네에 앉은 또 다른 숙이 숙이와 그녀가 겹쳐진다 숙이는 앉고 그녀는 사라지고 나는 사라진 숙이를 민다

소녀들이 재잘대고 있다

소녀들이 떠다니는 공중이 울룩불룩하다 그네가 그네를 밀어올리고 공중은 공중의 앞날과 지난날을 당긴다

소녀들이 쏟아져내리는 공중, 소녀들이 사라진 그네, 새들의 횃대

또다시 현호색 풀밭이다

사라진 풀밭 속으로 소녀들을 찾으러 가자

시시각각 메니에르

귓불이 덜컹거린다
온 여름이 올라타 있다.
골목의 소문까지 덧붙어 습해진 이야기들
어디인지는 모르겠지만
어딘가에서는 귓속을 열어 팔고 있는
벼룩시장 같은,
좌판의 난청에 주파수를 맞추거나
현기증 나는 침대의 스프링을 교체하거나
관대한 또는 편협한 대화의
교본을 만드는 때가 있다.
저녁을 접는 마지막 노을이
들렀다 갈 때 귓불을 만지면
머릿속은 또 억만 년 묵은 지층의
반짝이는 낱말을 파내고
두 손으로 귀를 막으면
잊어버린 비밀번호 같은 암호들이
귓등을 해독하다 황급히 말려든다.
가까운 한 사람보다 여러 먼 사람을 끄덕이는
수월한 음역대의 오답이 틈 없이 들어찬다.

혼자 듣는 소리로 으깨진 물음을 글썽이다
언젠가 잃어버린 한쪽 귀고리를
벽 넘어 옆방에서 찾은 적이 있다.
때로 귀들이 담 넘어 한길을 헤매다
발갛게 익어 돌아오는 날에는 가까운 이가
귀싸대기를 올려 가둔 적이 있다
귓불이 덜컹거린다.

넘어진 나비

맨발의 기억이다
살그머니 다가간 걸음 끝에서
장다리꽃 앞에서
엎어진 울음이다
상처 난 나비를 보았다
매발톱꽃 수레국화 환한 하오에
아무도 일으켜주지 않은 나비는
누구도 세워주지 않은 나비는
넘어지는 일은 발끝의 일이어서
나비를 쫓는 이랑은
발밑을 잊은 돌부리다
나비가 앉았던 곳마다
갸우뚱 기울어지는 결정에
슬쩍 기댔다는 귓속말이다
이파리에 엉킨 애벌레의 시야는
볕살에 다치는 일이었다
더듬이에 말려든 어스름은
가장자리에서 부푸는 일이었다
허공에 자신만의 그물을 직조한 나비는

어디로 기울든 꽃밭이다
장다리꽃 알알이 익어
발끝을 궁리 중이다
꽃잎을 다 닫은 날개가
꽃 진 뒤의 여닫이를 덜거덕거린다
넘어진 나비는
엎어진 어린 울음의 마디 앞에
발끝의 기울기로 접혀 있다

꽃망울

매달려 있다
라는 말은 누구의 것일까
매달림의 것일까
매달고 있음의 것일까

그 위태와 불안을 각인한
꼭지가 우물거리는 열매들이란
누구의 풋풋함인 것일까

새 부리가 헤쳐놓은 파편
바글대는 날파리의 번영
아니면
풀숲이 데려가는 계절인 걸까

개별적인 매달림만큼
매달고 있음만큼으로 타인을 키우는
우리의 사랑은 어떤 너머를 꿈꾸는 걸까

매끄러운 옷으로 치장한 시절

망설임을 세며 신발을 터는 눈치들
슬쩍 발을 내밀어 그 발에 걸려 넘어지는
우리의 손

우리의 맺음은 매달림일까
매달고 있음일까

의문만큼 되감기는 꽃망울

한 꺼풀 꽃빛이 도망치고 있다

꽁치뼈를 발라내는 3인칭

사다리는 어떤 종류의 생선이었을까
꽁치 한 마리 속에 사다리 하나 눕혀져 있네
접시에 담긴다는 건
누구나 알 만한 종류와 품평이라는 것

그러나 입속은 가치를 따지지 않는
또 다른 주머니 같은 것

살 밖의 장식
잘 구워진 생선 위 레몬 조각 같은
그러나 사다리에 오르려 하는 건
오름과 내림을 깨우친 다음에나 가능한 일
꽁치 한 마리의 속마음이 펼쳐놓은
속살은 참 나란한 좌우의 영역이고
물속을 휘젓는 일로 편 갈라져
물 밖을 익힌 탓이려니

발라낸 뼈에는 다시 살 붙지 않겠지만
흩어진 살을 떠난 사다리 양쪽엔

오르내림의 분명한 흔적들
누구나 꿀꺽할 수 없다는 걸 알고 있는

꿈틀, 물 밖의 한때를 접시에 쓰다가
아픈 뼈 가만히 말리고 있는

우는 소

어쩌면 풀을 의심해봐야겠다.
풀을 먹는 초식들은 왜 한결같이
우는지
열매들을 애벌레들을
의심해봐야겠다.

입 없는 것들을 추궁해야겠다. 울음이 입이 될 수는 없을
까 웃음이 귀가 될 수는 없을까 입 없는 것들이 하나같이 귀
를 달아걸고 있다.

한창 꽃 피운 풀을 먹는
소의 입에서 우적우적 풀이 운다.
입안이 따가워
너무 환해서
꽃 지는 소의 입에서
둘둘 말린 풀밭이 운다.

풀밭에 널린 소의 똥에서 울음들이 싹튼다.
소는 슬픈 맛을 즐기는 풀의 입

풀의 항문이다.

꽃 핀다, 를
꽃이 운다, 로 고쳐 쓴다.

사이프러스 나무 곁에서

그들은 근엄하거나
다정한 입꼬리로 살아간다
늙지 않거나
이미 폭삭 늙어서

네 상냥한 웃음도 동물에겐 으르렁대는 모습이래. 웃음과
으르렁의 간극에서 백구의 등과 꼬리와 뒷발이 노르스름한
직각을 견디고 있는 거래. 짬만 나면 으르렁거리는 우리 가
족도 나무틀에 걸리니 흐뭇한 전시품이야. 백구 앞에서의
자세 잡기는 생활의 기본이야. 다정한 구역은 확장되고 있
어. 백구 앞에서의 웃음은 생활의 기본이야. 알아요! 익숙해
졌다니까요.

벽을 타고 넘으며 우리 집은 우리 집으로 옮겨 다녔지. 창
을 열면 샛골목이 휘는 소리, 창 아래 쭈그려 앉으면 살찐이
짝짓는 음울한 소리. 떼어내지 못하는 입꼬리는 걸렸다가
내려졌다가, 저녁놀 속으로 침몰해 왔지. 금이 간 벽에는 흰
덧칠에 띠지를 덧대는 상책. 갈라진 마음 까짓것 감추면 그
만이니까. 갈라진 방바닥에는 연탄가스를 먹은 언니가 쓰러

져 있었다고! 우리는 솜이불만 덮어주었어. 사면의 벽과 천장이 밤의 중력을 지탱했으니까. 언니는 관계의 틈바구니에서 무지갯빛 토를 하고 외풍을 견디는 나무틀에서는 안녕의 질감이 덜걱거렸어. 이미 없는 그들은 근엄하게 입꼬리를 내린 후였고 입꼬리 올리기에 익숙해진 이들은 여전히 늙지 않고 다정했어. 우리 가족은 매일 나무틀에서 흐뭇해. 백구 앞에서 우리는 기본적으로 웃어. 너도, 여전하지?

소금의 온도

분명 영도인 거예요

냉동실 바닥에 납작 엎드린 서대 두 마리

얼음 알갱이를 모래인 양 뒤집어쓰고

그 많은 끼니의 나날을 용케도 숨어 버렸더군요

티격태격 도란도란 그리 지낸 거지요

속이 참 오랫동안 비어 있었겠지요

아니, 속도 없이 몇 년을 진득했던 거지요

쥐눈이콩 눈동자는 장날 때처럼 새초롬히

앙다문 입엔 불룩한 한 마디를 담아두고서요

비늘은 첫날처럼 여전히 들떠 있네요

뭐, 그럼 괜찮은 거죠

바다 한 평 떠오르지 않는 냉동실

소금과 얼음은 더없는 파랑이었지요

얼지도 녹지도 얼 수도 녹을 수도 없는

극점을 끝까지 버텨왔지요

최고 온도로 올랐다가 최고 온도로 내려서는

네게도 내게도 없는 임계온도였지요

곧 차가운 온도가 먼저 떠날 것이고

소금기가 짭짤한 소용을 논하며

물컹해질 예견을 뒤따를 테죠
분명 영도였던 거예요
팔팔한 기분으로 한 움큼 거머쥐었던
소금이 뚝뚝 알려주었지요

아버지가 이상하다

눈앞에 있는데 없고
눈앞에 없는데 있다.

손을 잡으니 손은 없고 손거스러미가 있다. 아버지와 어머니가 관계하는 소리를 들었다. 눈을 비비며 요강에 오줌을 누었다. 아버지와 어머니가 벌떡, 한낮에 넘친 논물을 끌어와 투덕거렸다. 나는 영문도 모르고 이불 밑에 들어가 꾸던 꿈을 꾸었다.

정수리의 돼지 머리털을 뽑아 국어책 갈피에 모아두었다. 아버지가 머리칼을 다 털어내 촛불에 태웠다. 소용돌이 냄새가 킁킁 마른 방안을 나돌았다. 아버지가 마루 끝에서 어서 학교 가라고 불렀다.

잠 와요 아부지!
방문을 여니 아부지도 아버지도 없다, 어디 갔을까? 눈뜨니 내가 일백 살로 가는 중이다.

아버지가 혈족들 사이에서 웃는 사진이 저기 있다. 아버

지는 매번 저기에서 웃고 아버지는 꽝꽝 얼어서 불태워졌
다.

　있는데 없고 없는데 있는
　아버지는 매일 이상하다.

하늘정원

안개, 당신과 나에게 안개 들이치고 당신과 나는
산정에서 오래도록 놀다 가자 무언으로 말을 하고
무언을 듣고 안개, 안개 가득 들이치고 사람들 눌눌이
케이블카를 기다리고 오지 않는 케이블카를 기다리고

안개가 저토록 힘센 사내였는지 나를 덮치는 혼미한 사내
였는지
안개가 구름인지 구름이 안개인지 모를 그런 사내였는지
구렁으로 빠져들게 하고 그래서 잠 못 이룬
새벽마다 안개의 수렁으로 침몰을 일삼은 건지

일만이백 밀리미터 골짝까지 올라와 해를 먹고
구렁으로 부옇게 구렁으로 나를 침몰시키고 있는 건지
산정에서 뜨거운 구절이 생각나는 건 오뎅 국물 훌훌
혀가 익어버리도록 들이켜고 싶은 건지

정원에서 당신을 잃고 당신을 그날 그렇게 잃어버리고
안개가 들이친 날에 안개가 발광하듯 들이친 날에

지금 오지 않는 케이블카 그때 내려가지 못한 케이블카

당신이 오래전 타지 않은 하늘정원에서

케이블카 없이 이슥도록 놀다 가자 한참을 놀다가 가자

가슴 없는 사람

물살에 떠내려가는 햇살 조각 꿰매 입고 아득한 양 떼를 데려다주는 사람. 한 무더기의 실루엣으로 당도해 귀에 담은 주파수를 손가락으로 빼내는 사람. 엉덩이가 내려놓은 무게가 바순의 옥타브 같은 사람. 홍조 띤 낯빛이 가만가만 피어나는 꽃밭에 도돌이표로 어울리는 사람. 나뭇잎 한 장이 가을의 국경을 떠올릴 때 미닫이로 닫히는 사람. 몸에 밴 객지의 냄새를 밀어내고 한 번은 웃어주는 사람. 스스로 앞모습을 내보이는 순간에 떠날 사람. 저기 모든 악기 사이에 뒷모습으로 서 있는

등 뒤에는 넘어지고 넘어지던 몇몇 종이 수직의 사람으로 당도해 있습니다. 꼬리 없는 원숭이의 딸이 당신과 침팬지로 헤어져 서로의 등이 닮게 된 것을 변곡점이 앞섶에 있어서 한낮에도 등을 보면 찡찡 울었던 겁니다. 앞이 아프면 뒤가 우는 걸 아는 숱한 현들이 에렉뚜스 에렉뚜스 목멘 발음을 터뜨립니다. 똑바로 앉은 사람의 앞섶이 쓰러지기도 하는

가슴 없는 사람만이 허락한 적나라한 거리
가만가만 내어주는 당신의 등입니다.

제2부

노란이 녹는 정오께

포지션

당신은 가까운 만큼 멀었다
둥근 탁자가 있는 방에서

아비시니안만큼 발톱만큼
봄만큼 오리엔탈리즘만큼
신문기사만큼이나

보험회사 편지봉투 절취선이 우둘투둘 뜯겼다

쪼그려 앉아 담배를 피우는 발코니가 빗소리만큼
살찐이 울음이 살찐이만큼 살지는 밤

일일드라마에서 콩나물 대가리를 따는 여자가
멸치똥 빼내는 나를 보며 웃는다

보험회사 이름이 울긋불긋했다

떠나간다는 말보다 접어둔 이야기가

당신은 멀었다 둥근 탁자가 있는 방에서

귤이 파란을 버릴 때

지금은 귤이 파란을 버릴 때
속마음과 겉이 같아지는 때
어느 이름난 마을과 이웃이 모반을 꿈꾸다
숨긴 생각 모조리 들켜버리는 때
울타리를 버리고 가시를 버리고
집 바깥을 버리고
밭으로 들어간 품종들

오래전 야반도주한 우리 집 탱자 울타리가
밭 하나를 온통 차지하고는
비좁다, 비좁다, 제 구역 늘리며 노래져 왔다.

귤은 손을 많이 타는 과일
가시 울타리를 밀치고 가출한 오빠 같고
활짝 펴진, 찡그렸던 꼭지들은
양손 가득 선물 꾸러미를 들고 돌아올 오빠 같지만
어느 밭에선가 파란을 버리고 있거나
어느 가판대에서 가지런해지고 있을 것이다.

하나로도 둘로도 낱개로는 팔지 않는 귤은
일종의 화폐단위인 봉지들의 속셈

가시를 매단 탱자 울타리들은
이 마을에서 저 마을로 옮겨 다니며
추위 근방을 지키고 있다.

후박

　어둑해지는 산길에서 후박꽃들 어두워진다.

　어차피 꽃잎의 질서란 밤과 낮을 보고 배운 방식이니까,
저녁은 두껍고 아침의 산길은 한없이 얇아서 모두 후박나무
의 차지다.

　나는 서둘러 산길을 내려오면서
　저 어두운 밤이 모두 축축한 나무들 껍질로 단단해지는
것을 보았다.
　흐르는 소리의 소유권을 주장하듯
　물길 옆, 나무들 흔들리다가
　물길을 닮아 구불구불해지는 것을 꽤 여러 해 지켜보았다.

　계곡에 박힌 돌부리들, 물에 걸려 넘어진 저것들은 실상
옆새우나 가재, 도롱뇽이나 개구리와 같은 냄새를 풍기며
모래의 날들로 간다.

　후박, 이라 말하고 나면 반드시

오르막과 내리막이 한 호흡 속에 있다.

두꺼워진 후박이 어깨에 내려앉는다.
비늘을 품은 나무껍질들이 어둠을 바짝 끌어당긴다.

모과의 방
— 가시내

모과는 노랗다
아니다 어느 둘이 붙어사는 집
꽃을 버린 뒤끝치고는 반드러운 몸피
아니다 노란 둘이 먹고 자는 집
그래서 좋으니까 둘이서 까만 방점 꼭꼭 찍고
노란 곳으로 들어 비좁은 방을 늘인
저 노란 집 속에는 갱도를 따라
석탄을 캐는 사내와
꽃만 믿고 부푼 가시내가 살림을 차리고 있지
둘이 눈 맞추어 한 칸 방에 드는 일
까만 점 하나로 여닫을 수 있지
노란 방은 색깔만큼이나 달달하니까
별 모양 달 하나 창밖에 걸리면
곰지락거리는 아기 낳을 수 있으니까
지하는 깊고 깊으니까
누군가 왈칵 문 여는 날이 뒤쫓는다 해도
노란 집은 달칵 한 번만
땅에 떨어지면 되니까

산속이 그리 무너지는 동안
들은 들대로 봄꽃 여름꽃 차례도 없이 피고 지고
탄차는 더 깊은 곳으로 잦은 꽃잎 실어 날랐지
노란 향 말라가는 방에서도 아기들 깃털같이 자라나
포르르 마지막 한 점 달아걸 때까지
노란 방 번져난 거지

떨어져도 모과는 노랗다
아니다 노란 둘이 깃들여 사는 집

모과의 방
― 사내

노란은 함정이다

아니다 두 마리 벌레가 기어들어간 집

꽃 떨어진 뒤끝치고는 아삼삼한 때깔

아니다 노랗게 떠서 입술 따먹고 사는 집

미쳤다 자물쇠 꽉꽉 채운 갱도 입구는

발 없는 새가 다녀간 자리

갈탄 캐는 사내의 땟국물에 전 가시내 신접살림 차렸네

둘이 단칸방에 드는 일

씨눈을 방점 찍어 얼굴 맞대면

와랑와랑 내걸리는 뭇별

노란은 하나다

아니다 벽장을 흔들어 제 이마 짚는 집

카시오페이아와 안드로메다의 별들이 똥 누기 전에

종유석 같은 새끼 굳게 낳아

지하 동굴은 씨알머리로 깊어가는 하늘

천년에 아흔아홉 번 물방울이 몸 뒤척일 때

누군가 바투 문 따는 날이 닥친다 해도

노란 집은 한 번만 툭 떨어지면

케페우스와 페르세우스가 만만세

하늘이 소리 없이 내려앉는 동안
미나리아재비 너머 산수유 지고 피고
갱도를 내달리던 탄차는 탐문을 피해
컴컴한 밥그릇에 며느리밑씻개 퍼다 날랐지
갈탄의 윤이 나는 출구 없는 방에서도
피붙이는 돌순으로 자라나
갱도를 발효하는 올록볼록 숨소리

노란은 꺼진 등불이다
아니다 천년만년 달수를 잉태하는 블랙홀

모과의 방
— 가시내와 사내

다시 모과는 노랗다
아니다 꽃 필 때 펼쳐진 향기의 지도
그러니 노란은 함정이다
아니다 붉은을 버린 소용돌이 여울물
땅은 말랑거리고 하늘은 둥그니까
천장이 낮은 방에 둘이 드는 일
깨알같이 빼곡해져 틈이 절로 부딪는 집
굴속이라면 굶어도 배부른 가시내
등 젖을까 젖 마를까
흙덩이 주물러 애탄 캐던 사내는
마디마디 덜컹대는 침목을 수리하지

발 없는 새가 다녀간 노란 방 입구는
손마디에 퍼지는 달무리의 일
달무리의 안면에 맺히는 물방울의 일
새는 날았을까 발자국은 자라났을까
파드닥 솟구치는 물빛 아기
함정이 깊을수록 노란은 키가 자란다

52

노란은 물의 심근으로 만든 돌기둥
아니, 돌고드름의 나이테 아니 아니
억만 년 번성하는 스펠레오뎀의 시간

실수의 모양

새들의 실수는 애벌레
애벌레는 나비가 되었다
부주의한 옷차림은 붕붕거리는 날개
바람의 입맛으로 들춰진다
진화를 추구하며 퇴화를 엿본다

노래연습장에서 훑어내린 제목들처럼
실수의 목록에 리듬을 붙이면
탄식과 샤우팅은 한 감정
손이 손을 속이는 일
완벽한 실수란 산산조각을 떨어뜨리는 일
편안한 결론을 경계하는 것

실수를 꿈꾼 적 없으나 연습의 날은 이어지고
가늠키 어려운 약속이란
책임 없이 던져버린 어조 같은 것
그 사이를 비집은 하강의 자태란
가볍고 가뿐한 깃털의 문장

퍼덕이라는 곳은 낡은 하늘의 한 구역
낙오라는 비행에 깃든 비밀스러운 결말
새가 놓친 애벌레가 나비가 되듯
실수에도 처음과 끝의 모양이 있다
실수의 리듬이 손바닥에서 놀고
세상의 손가락 끝을 놓치는 중이다

금빛 당신과 나와 아기와

아이를 부르면
저만치 퍼져나갔다가 되돌아오는
종소리처럼 대답 없이 달려오는 이름
십시일반으로 천년을 자라
천년을 건너가는 아이

아이를 따라가면, 어디에서 온 것일까
아이를 부르면 어디로 달아나는 것일까
아이는 뜨거운 날에 나무 밑동으로 둥글어지다
차가운 날에 목소리 깊어지다
얼굴도 없이 애련과 미명으로 웅웅웅

부푼 손과 발과 무릎과 숨이 종일 내려앉은, 찌부러지지
도 않는 회색이나 나무색 방석과 사물과 영혼과 층층나무와
승려와 윤판나물꽃과 보살과 중생과 중생이 만든 형상에 중
생들 돈독히 경배하는 오늘과 내리뜬 눈빛에 언뜻언뜻 자지
러지는 울음과 당신에게 속했으나 당신을 만질 수 없는 수
미단 같은 나날과 당신과 내게 속했으나 단 하나의 옹크린
자세로 마침내 사라진 그날의 아이와 도금같이 쌀쌀해진 아

랫배에서 쿵쾅거리는 또 하나의 숨과

더는 부풀 일 없는 고민을 고르는
작명의 시간과

사각사각 통증학

사각사각 고치가 사각만 종일 갉으며
더운 날의 집을 동그랗게 집을 짓고 있다
언제부터 저들은 나 몰래
동그래지는 학습을 해온 걸까
사각의 씨앗으로 커가는 과일은
어느 지붕 아래로 들면 둥글게 익을까

붐빈 점으로 자기들끼리 뭉친 일차원으로
꼭지를 키우고 꼭지는 꽃을 섭외하고
남천은 겨우내 빨간 구두점을 찍고
호두나무는 가을 끝에도 푸른 구두점을 찍고
홑씨는 느낌표만을 무작정 흩날려

내 얼굴에까지 번져나는 무수한 온점
한 생을 한 얼굴로 마치라는 뜻일까
옆집의 뒷집과 앞집의 건넛집을 돌아오는 동안
민낯의 가면에 얼마만큼 마침표를 찍어왔단 뜻일까
치과 천장에 매달린 텔레비전의 오후처럼 사각사각

갉아온 사각이 잇속에서 욱신거린다

사각 홑씨들이 굳어 있다
사각인 까닭을 견딜 수 없다며 구를 수가 없다며
둥근 돌멩이를 걷어찬다
동그랗게 학습된 씨앗들이 바람을 불러 모으는 사이
사각의 박스가 귀퉁이 구겨질 주소를
사각사각

손가락으로 만월을 클릭

당신이 손가락의 근황을 물어올 땐
손끝의 시절이 마구 붉어지다
날카로워지다 엇갈리고 뾰족해지지
오래전 애인 같아져서
손끝이 터엉 비어 있다고 말하지

우주로 가버린 심장을 떠올리며
늦은 밤에 낡은 책장을 펼치는 달
살아온 자국이 겹쳐서 검게 피어나는 달
과실을 씻을 때 뛰쳐나오는 애벌레같이
하현달 뒤에서 내 번호를 누른 누군가의 손끝은
씨앗을 한 봉지나 뿌렸는데도 나지 않는
도라지나 당근이었을 것

  우주에는 큰 손톱깎이가 있어서 똑똑 달을 깎아내고 우리
는 손가락 끝에 달을 채워서 까마득한 달을 메우지 그곳은
늘 맨살 같아서 춥고 또 희지만 한밤의 연리(連理)에도 벌레
자국이 뒤덮는 광학의 풍경이 있어 어깨 위에 슬쩍 손바닥

을 두른 것 같지

손가락 하나로 달을 메우고도 남아서
당신의 근황을 불러내 남은 손가락을 빌려주지
손가락에 손가락이 부딪치고 아물어서
머나먼 머리끝부터 발끝까지
빈틈없이 손끝에서 붉어지고 있지
우주로 가버린 심장을
꾸욱 누르고 있지

달려라 사과

내가 아는 층층씨는
계단을 모으는 사람
층층씨가 희귀한 계단이라 우긴 목록에는
얼룩말과 횡단보도와
굴러가다 멈춘 사과
멈춘 곳마다 멍들고 상한 사과가 있었다
측량과 구별이 다 눈의 판별법이어서
가파른 귀에선 가끔 사과가 굴러 내려가거나
굴러 내려오곤 한다 했다

그가 우긴 또 다른 목록에는
숨을 몰아쉬는 외풍과 늙은 별과
뒷날의 내가 아웅다웅 모여 있었고
은밀히 내보인 층계참에는
접질린 발목과 짧은 치마의 언저리가
나불나불 소곤거렸다

층층씨가 아끼는 수집품 가운데
빗방울과 마지막 꽃잎 몇 장은

오래전에 밀렵되어 바짝 말랐는데
검은 발자국 몇 개와 넓적나무좀이
삐거덕 간격을 수시로 다투었다

층층씨의 입이 일순
초승달같이 솟구쳤다
가파른 힘을 못 참은 사과 한 알
건반으로 내달리는 중이었다

불연성 분리수거

찌그러진 페트병을 태우면 연기가 자욱하지
불꽃이 없는

일그러진 분리와 탱탱한 분리가
똑같은 얼굴로 빠져나오지

불꽃을 모르는
연기는 형체에 연연하지 않지
기껏 액체를 비우고도 모습을 버리고도

불타지 않는 엉클어진 소란이 불가역적인 권태의 매캐함이
옆집 남자가 던지는 곳곳에서

하품을 가장한 옆집과 그 옆집에서 아랫집과 그 아랫집에서
들릴 듯 안 들릴 듯 정리 중인

쫑긋거리는 귀의 음역
어느 곳엔가 다다라 한 몸 한 덩어리로 뭉쳐질

불 보듯 뻔한 저 불연성의 재발
제발!

나뉠 수 없는 항목은 떠날 줄 모르는
순서로 엇섞이고

불꽃도 없는
불꽃도 모르는

건너뛰기

우리의 얼굴은 지나가고 있는
과정이면서 증언이지요
첫 눈빛과 첫인상을 붙들고
하하 호호 지루함을 통과하는 중이지요
한눈을 판다고 생각지는 않아요
우리는 흘려보내는 방식으로
낯익음을 잊고 이름을 지우고
순간을 놓치는 거니까요
말하자면 버퍼링 기법
버퍼링은 주름 늘리기가 특기니까
꽃 핀 흔적과 꽃 진 자리를 남기지요
미래의 말로 현재를 설득하지요
말하자면 플래시백 기법
지나치는 얼굴로 만나서
그리운 얼굴로 자라나기도
증오의 얼굴을 실천하기도 하지요
오거리에도 4인 식탁에도
순간의 얼굴이 넘쳐나지요
그래요, 말씨의 마지막엔

거짓씨만 남겠지요
당신의 얼굴이 지날 때 찡긋, 그 잠깐을
견딘 것들이 버퍼링 버퍼링 중이지요
트랙을 헛도는 바늘처럼 튀고 있어요
나중이 처음이고
처음이 나중이라고 증언하지요

노란이 다 녹은 거니?

말투가 왜 그 모양이니
입속은 색칠을 모르는 거니
사탕 하나 들었을 때는
병아리 같은 말 잘도 쏟아내더니
이제 단맛이라고는 없구나
식탁 위 크루아상과 샤또 샬롱은
개양귀비에 앉은 나른한 꿀벌이구나
달달 녹는 말로 난로가 켜지고 별이 솟고
트랙은 돌고 금발은 자꾸 곱슬거려서
네 곁에 앉아 쓴맛 없는 말을 연습 중인데
뱃속에는 와자한 조각들만 들었니
다달이 배가 그리 아플 리는 없잖니
어디에 쉴 베개를 눕혀둔 거니 어디에다
이슬만 따 먹는 메리골드를 심어둔 거니
입술엔 자취만 남은 빨강을 올려두고
뚝, 시치미를 떼어낸 말투에
손바닥의 파랑새는 날아가고
발톱 몇 개 쑤군쑤군 남아 있는데
어쩌자고 말투가 그 모양이니
어쩌다가 감칠맛을 부숴 먹은 거니

한 권의 당신

별꽃 이름자를 넘깁니다. 속지가 펄럭입니다. 처마에 매달린 삼십 와트 노란 등이 아른아른 달려듭니다. 잔설 위로 눈이 쌓입니다. 당신이 사당역 실비집 깡통의자를 삐걱거립니다. 머플러로 감싼 목덜미를 주억거립니다. 뭉툭한 볼펜을 기울이는군요. 소금눈에 불콰해진 바퀴가 질척이며 달려갑니다. 버스의 푸른 등은 종일 젖어서 눈사람 닮은 사람들을 실어 나르고 흰 종이에 말린 타르와 니코틴이 뿌연 생각 뭉긋이 감아쥐고 왼쪽 허파에 빠져듭니다. 한나절의 목적어가 연기로 떠다닙니다. 서너 잔술에 촉촉해진 두어 문장 희멀쩡게 메워집니다. 눈발이 저녁으로 쏟아집니다.

ESSE ONE 꽁초는 가늘게 쓰러졌습니다. 당신의 기호들이 흥강을 돌아 나옵니다. 닳고 닳은 말도로르의 노래 한 소절 허리춤에 끼고는 빛의 포도주를 마시고 별이 되고픈 노발리스를 흥얼거리는 무릎이 구겨집니다. 볼펜 똥 같은 보어들이 뒤따르다 엎어집니다. 가등 환한 거리를 빠져나온 그림자가 가뭇해집니다. 어제와 다름없는 주어가 불어난 발등 위에 내려앉습니다. 구두코의 흰 눈송이가 물빛 서술어로 흘러내립니다. 푸슬푸슬 내디딘 발끝에서 빛의 부재를 켜는 탁! 채우지 못한 목적어가 오늘을 텅, 당신을 닫아겁니다.

제3부

이 저녁의 보랏빛

봉지의 수다

유방클리닉 전문의는 처음 보는 남자이고 처음 보는 남자가 남의 것을 제 것인 양 구석구석 주물러 안부를 묻는다. 반항할 수 없는 흑백 스크린 가득 반사되는 앞날들. 섬유질 가닥가닥 숨어든 결절은 누군가의 미래 앞으로 도착한 우편물. 비닐커버 수술대에 누웠던 스무 살부터 모르는 척 마취에 취한 척 봉지 안으로 흘려보낸 쓰다 만 기록들. 거짓 주민번호 적힌 골목 여관 색 바랜 숙박계를 뒤적이다 습자지처럼 엷어진 사랑을 구겨 쥐고 마른 젖을 찾아들던 그때의 우편물이 또박또박 쉼표를 내보인다.

깜깜한 쉼표들이 숨 막힌 겹겹을 일으킨다. 어울렁더울렁 묶인 하룻밤의 사랑이, 오롯이 버려진 나날이, 한 번 펼치지도 못한 앙가슴이 천식의 기침을 뱉어내듯 입구를 열어젖히려 한다. 처음 본 남자의 단단한 위험을 붙들고 때 낀 손톱날을 세워서 마른 봉지를 찢으려 한다. 공명통 안을 떠돌던 검은 머리 8분쉼표와 32분쉼표들이, 흰머리 이분음표와 온음표들이 낮은음자리로 엎혀 계명을 캐내려 시끌시끌

라일, 락

라일라일 이 나무는 입술과 입술 사이로 자란다
당신과 내가 입술을 맞댄다는 건 보이지 않는 물관을 터
뜨리는 일
마른 뿌리를 일으키는 일
서로에게 오롯이 들통나는 일, 들통나는 일이란
서로의 수액을 달달하게 불러내는 일
잎맥을 키워오지 않았다면
우리는 다만 투덕거리다 말라갔을 일

라일라일 이 나무는 혀끝과 혀끝의 충돌로 꽃을 피운다
고백하자면 우리가 입술만 맞댔다는 건 거짓
혀끝의 충돌이 아니었다면 우리는 다만
아쉬움으로 아모르의 사막을 모래알같이 흘러다녔을 일
붙들 수 없는 몸통을 아무렇게나 세우고 서 있었을 일

라일라일라일 이 나무는 창에 부딪는 빗방울 소리로 흔들
린다
당신이 그리워, 라고 혼잣말할 때의 이와 혀 사이로
가랑비가 내리고

품다 터져버린 소낙비가 라일, 락 라일, 락
앙다문 입술 사이로 흘러내리고
여윈 새벽이 흰자위에 내려앉을 때
는개는 피어오르고

토닥토닥 투덕투덕 창을 때리는 라일과 락의 감정 사이로
라일락나무는 저렇게 자란다
라일락이 라일, 락 저렇게 일 때
당신의 혀끝이 이와 입천장 사이로 붙었다 떨어지고
당신의 혀끝이 이와 입천장 사이를 훑고 붙들어도
당신의 입맞춤은 자꾸만 흩어지는 라일, 락

비를 발음하는 괘

모든 달에는 껍질이 있다
껍질 위에 껍질을 내리치면 텅 빈 소리가 난다
빈 소리를 쫓아온 빗속엔 흩뿌림관이 들었을 것이고
관 속엔 줄기가 들었을 것이다

오늘의 오관 떼기에서는
우산을 쓴 가락이 찾아왔다
빗줄기를 두르고 내달려온 손님
오동잎을 노래하는 젓가락 장단에
양철 봉황새는 오금을 들썩이며 춤춘다

비의 속도라는 말은 갈라진 저수지와 미처 걷지 못한 빨
래가 훌쩍이는 시간, 그녀의 치마가 팔랑거린다, 라는 모란
꽃 같은 말

화투장은 왜 달력이 못 되나
날짜가 없는 달이니까
내가 선호하는 방식이니까
날짜 없는 오늘을 달밤 없이 점친다

내일은 상냥한 국화주를 따를 것이고
내 님은 글피쯤 벚꽃무늬 봇짐을 싸 들고
송학같이 속삭여 올 것이므로

내달의 껍질 새로 내리치면
한달음에 쏟아지는 손님
우산 쓴 비 붓꽃으로 들어서고

옆구리는 시리다

그러니까 너는 옆구리다. 시린 옆구리라는 식상함을 생각하겠지.

복사꽃 핀다. 복사꽃의 옆구리는 구린내가 난다. 그때부터 옆구리는 구린 것이다.

어머니의 구리반지는 녹슬어 전당포에서 사라진 지 오래, 전당포도 오래전 사라졌다.

옆구리는 옆에 선 사람의 옆구리 옆에서 구리다. 구리는 금속 알레르기보다 강하다. 금속 알레르기는 금보다 강하다. 나는 네가 준 금반지도 못 낀 사람

못 끼는 사람이 옆에 앉는 건 못마땅하다. 선로 보수 작업 구간을 천천히 지나가는 열차는 철로변 개나리만큼 마땅하다. 열차에서 옆구리를 내어준 사람은 지금껏 구리고 사람과 비슷한 사랑의 발음은 온통, 사랑을 말하는 사람의 옆구리처럼 간지럽다.

아직도 너와 나는 옆구리만 비비적대고 있다…… 거짓말
쟁이들.

바이크릴 수선집

실이 머물다 간 곳에
무딘 분별이 가로놓여 있다.
너와 내가 만났던 곳에
울렁울렁 언 실개천이 있다.
몇 가닥 실로 나를
내가 막은 적 있다.
울음을 못 견디는 몸이
질끈 입술을 물었다.
투명한 접지의 나날이 이어지고
말갛게 매듭진 사람이 되었다.
내가 볼 수 없고 만지지 못하는
궁리로 너는 집필되고
내밀한 연대가 바깥에서 읽힌다.
속에선 울지 않던 곰곰이
겉의 흉터와 노는 동안
웃음 근육이 단단해지고
몸으로 들어가려는 울음 길목을
지켜선 아랫입술은
맘에 안 차는 찡그린 얼굴 몇을

지루한 할부 월납으로 갚고 있다.
가닥 가닥의 얼음장이 가려운 달
그림자가 일렁일렁 갯버들을 풀어내는
간질간질 수선집에서
실로 꿰맨 실개천이 매듭을 녹인다.

지루한 핑크

물들고 있니 바래가고 있니
어머, 자빠진 거구나
방향은 한쪽만이 아니니까
어디로든 늦잠 드는 거니까
느지막이 일어나 보니
앞서 만개한 핑크가
우는 아이들을 달래고 있더라
핑크는 편을 정한 적이 없지
아이들은 양쪽 뺨을 내준 적이 있지
짙어지고 옅어지고 두 볼이 호호
그러니 봄날의 일이란 이곳저곳 서성이다가
가벼운 밑장만 묻혀서 핑그르르
손톱까지 핑크인 아이들은 종이비행기
날개를 새로 맞추거나
휴대용 웃음을 보관하지 않으니까
팡팡 입술을 마주쳐야 물드는데
비슷한 것끼리 서로 핑크라 우기니까
이 핑크 저 핑크 자기들도 헷갈리니까
핑크는 연해서 아침도 저녁도 접어두고

꼬물대고 꾸물거리는 중이지
펼치는 날개마저 핑크지만 꿈꾸는
핑크는 축 늘어져 늘어져
봄날의 오답을 퍼뜨리며
낡은 나무껍질을 터뜨리고 있네
엄마를 기다리다 불그죽죽 잠들어
깨어난 한낮에 울컥해진 한쪽 뺨
핑크는 물든 걸까 바랜 걸까
자빠진 쪽으로 잠들었으니
물드니 바래니 핑크

물론, 물구나무

물구나무를 섰지
먼지를 일으키며 몽글몽글
맺힌 피가 내달렸지
물구나무를 서서
등나무꽃 내려앉아 떠다니는
어쩐지 쌀쌀한 물소리와
당나귀와 야크가 달음질치는, 상기된
비탈을 돌아 나왔지

위보다 아래가 이토록이나
무거웠지 어떤 무게가 닥쳐와도
머리는 몸뚱이를 감당할 수 없는 거지
그동안 건들거린 무게가
신발과 나란한 두 발이 아니라
가벼운 목과 정수리임을 끙끙
핏길에도 오르막과 내리막이 있다는 걸
몸을 힘겹게 나르고 있다는 걸 끙끙
결국엔 쓰러지는 일
중간이 허물어지는 일

두 발 또 딛는 일

물구나무집을 나서서 빈집을 돌아보지
내리닫던 산벚꽃 가지가 무심코 목을 친 정오에
그 흰 무게를 손에 쥔다면
티베트 고원 메마른 줄기가
무거운 아래를 휘돌아 나가지
떠난 당나귀는 아지랑이 속으로
절벽을 단숨에 내달린 야크는
숨 가빠 허공에 발 디디고

물론, 쌀쌀하지

짐승 두 짝

짐승을
가축이라 이름하게 된 건
끼니를 챙겨줬기 때문이어요
온순한 먹이와 사나운 먹이를
때마다 길들였기 때문이어요

벌어진 구두를 복구하는 일은
집안 질서에 중요한 과제입니다
벌어졌다는 건 오래 먹은 증거입니다
서서히 입을 키우며 송곳니를 드러내는
구두는 사실, 가축으로 길들인 이름입니다
뒤축은 저절로 딸려 온 식구입니다
여차하면 받치고 있는 제 높이를
제 발로 뛰어내리겠다는 엄포성 존재입니다
버둥거림이라는 마디와 마디가
뒤엉켰던 순간을 떠올려보면,
뒤축은 발버둥질하기 딱 좋은 축생입니다

그 딱 좋은 높이 보란 듯

나날이 벌어지는 입 좀 보세요
무한정 벌려서 찢어지고 말았다면
먹이를 놓치겠다는 말이지요
더는 같은 먹이를 안 먹겠단 말이지요
아차, 뒤축의 높이가 그만
바닥을 쳤다면 먹이를 물었다는 말이지요
입을 단단히 여미고 뒤축을 돌보며
먹이를 받아먹겠단 말이지요

퉁퉁 불은 먹이를 꽉 눌러 담아온
가축 두 짝이 지금 막
부려놓은 너, 좀 보세요!

질투라는 계절

몸속 둥근 것들을 조심해야 해
날 선 펜으로 밑줄을 긋는다
둥근 건 언제든 굴러올 수 있다는 데엔
빨간 펜으로 타원을 친다
세모 말풍선을 크게 이어서
주의사항 열한 문항을 첨가한다
시새움의 물음이 들썩이는 행간에선
구멍 뚫린 대답이 피식, 피어나고
꽃봉오리 솟구치는 계절엔
어떤 여자라도 못생겨서
반눈으로 스치는 골목마다
벽돌같이 무심한 이성이 넘쳐난다
그녀는 담장 너머를 더듬고
기웃거리는 키를 하고 있다
키 작은 굽이 머뭇거리는 곳에서
질투는 늙지 않는다 하물며
점점 어려지면서 삐죽해진다
삐뚜름히 흘긴 밑줄이 담장을 묶기라도 한다면
그녀의 눈은 옆모습까지 흘려버리고 말 텐데

못생긴 꽃날을 일순 끌어당기는
여자들이 저리도 못생겨서 손자국이
자주꿩의다리에 들키고
꿩의다리가 피워내는 피식, 을
큰꽃으아리 울타리가 삐뚤빼뚤 이어간다

꽃말의자

맛없는 꽃말이 들어 있는 것이다
남보라 의자에 새침하게 앉아서
무거운 기분 주렁주렁 자라는 것도 모르는 척
억센 바람의 낱장도 모르는 척
벌새를 쫓다 엎어진 물봉선 울음이
벌레 먹은 잎을 떨어뜨린다
부엌 없는 벌이 맛없는 요리법을 기웃거리듯
몰려다니는 새털구름이 노루귀를 닮아간다
벌레 자국의 응시가 볕살에 들러붙을 때
익숙한 손길이 그늘졌다면
그는 속속들이 남의 애인 된 애인
빗방울을 나열 중인 미끄러운 애인
구겨진 셔츠를 나긋나긋 더듬어
결결 하얗게 펼 수 있다면
한때는 오붓했다고
둘둘 뭉쳐버리고픈 애인
프라이팬에선 왜
불의 소리가 지치지도 않고 웅성대는지
꽃맛은 왜 더운 날씨만 골라 피는지

왜 작은 꽃에서 저리 큰 꽃밭이 달리는지
왜 벌새 떠난 꽃에서 저리 큰 꽃말이 열리는지
꽃말만큼 앉기 좋은 의자도 없고
떨치기 좋은 새도 없다는 생각

보라

1. 며칠 후

이런, 어떤 손이 다녀갔구나
너도 그때의 '노라'였구나
파란 손바닥이 되었구나
때마침 네겐 손이 없었구나
손을 받아줄 손이
모르는 곳에 들어 있었구나
손은 손으로 맞잡아야 하는 것을
어쩐지 잊은 거구나
직박구리 노래나 들은 거구나
솜털만 닿아도 물드는
그 보라를 만져온 거구나
그러니 보라, 증오를 바짝 올리며
짓이겨져 보겠다는 오디알
굳이 물들이겠다는, 물들고 말겠다는
포도알의 퉤퉤
그 씨앗 규칙을 세어보았구나
으깨진 보라를 창 너머로 던지는

손목에 익숙해졌구나
개구리 피부 같은 낙원이었구나
쉼표와 마침표의 초성으로 얽힌
플라스틱 바구니 같았던 거야
한 알도 붙들지 못한
늦가을 들깨씨의 향방이었을지도
해비와 웃비와 비보라 동안
지우고 지우는 연보라 쪽으로
보라의 울타리를 넓혀왔던 거구나

   2. 손끝

그러니까 여름을 만진 거네
입술과 한패였던 거야
선녀벌레도 휘는 가지에 올라앉아
오디를 따먹은 저녁에는
손끝마다 보라색 달이 떴지
붉게 떨어진 적이 있었으니까
달에 열린 단맛은

한 번은 뱉어낸 기억이니까
울음이 마구 자라나서 한참을
하늘매발톱으로 흐드러졌으니까
어둠은 그 속으로 감돌았으니까
흰 손톱달에 손을 넣어서
박박 씻어버리고픈 때였으니까
그러나 여름은 곧 딱딱해지고
나무는 고백을 잃어가고
아껴둔 손톱을 깎고 나면
댐스로켓 댐스바이올렛
지난 그늘의 보라까지 꺼내
나뭇결 끝자락이나
휑하니 긁고 있는

손끝,
보라,
손끝의 보라

슈거

투명한 입속에 단맛과 쓴맛을 번갈아 넣고 표정을 알아가
는 아기들처럼 모든 표정은 그러니까, 맛에서 온 것일까?

단맛의 커피를 쓴맛의 커피를 한 표정으로 마시고 일터로
가는 노동의 감정처럼 뜯긴 설탕 봉지에 줄짓는 개미들의
무작정처럼 먹으면 달거나 쓴 적대적 혹은 절대적 비유처럼

세상의 무수한 이분법 중 하나인 설탕 맛을 혀끝에 두고
끌어당기거나 내뱉는 이중성이 여전히 어린아이 하나쯤으
로 뒤뚱뒤뚱 놀고 있는 입속

점점 좁아지거나 넓어지는 쓴맛의 구역이, 묵묵히 감당해
나가는 무가당의 나날이 책장 마지막 쪽을 넘기는 검지에
묻어난다

끝에서 따듯하고 가운데서 차가운 기분이
붉은 사막의 가문 모래알같이 굳어가고

먼 사람

나를 만지겠다고
먼 길을 걸어온 사람이 있었다

그가 나를 만지는 동안
여러 문소리와 절친했다
문에는 목적 외의 수식이
매일 다르게 걸렸으나
오늘 그의 말본새로
먼 사람이 되었다
서툰 문맥으로 더듬더듬
목소리를 일러오던 중이었다

착시의 양쪽을 끌어당기는
소실점 놀이처럼 가까워진 이가
왔던 길 간다
무럭무럭 솟던 사람이
익힌 페이지를 차곡차곡 건네던 사람이
길고 멀게 간다
시월의 오솔길 같던 이가

터널 꽁무니같이 멀어져간다

입과 술 사이로 새어 나와서
민낯에 내려앉던 꽃자리를
문틈의 실눈으로 배웅한다
문종을 흔들며 또 다른 이가
소리 나는 수식으로 들어선다

내가 나를 만지는 동안
소실점 너머로 좁다란 꽃이 피었다

앨리스의 빗소리

비는 어둡거나 밝다
너를 창가에 세워두고
일렬종대로 세워두고
스카프를 두르고 너는
밝다가 어두워진다
예민해진다
제 영역을 표시하기 위해

비는 소리를 다물고 있다
비는 소리를 떠들고 있다
너는 창가의 한복판에서
석간 머리기사처럼 어둡거나 밝다
애인을 가장한 스카프를 두르고 있다

목구멍에 걸린 스카프
햇볕을 찢어버린 스카프
불가항력의 항력으로
소리를 앙다물고 있다

소리를 내지르고 있다

창가에 사는 앨리스가
뛰쳐나오고 있다
보고 싶은 앨리스
본 적 없는 앨리스
창을 두드려대던 앨리스
창가에서 앨리스는 어둡거나 밝다

앨리스가 너를 들고 웃고 있다

창가 골목에서 구부러진 비가 쫓아오고 있다

애인을 가장한 스카프를 두르고 있다

헤르페스 프로그래밍

입술에 게르 한 채가 세워졌다
연기는 안 나지만 뽀글뽀글 끓는 냄새가 난다
입술을 떠도는 유목의 집이라고
젖꼭지가 헌 양의 수유기가 퉁퉁 붓는다.

혹한기다, 먼저 따갑고 먼저 가려운 집, 때가 되면 집은
허물어진다. 그때까지 작은 단도를 쥔 모계들, 집 안에선 맑
은 털의 머리 없는 양이 몰캉거린다. 방목한 낙타는 물소리
를 헤맨 주인을 다시 맺고 싶었을까, 흘린 방울 소리를 찾아
온 할머니를 따라가며 눈에 고인 지평선을 출렁거린다.

입술의 집,
이것은 이빨이 나기 전의 원초적 오류
단명한 수유를 대신해 우물거린 늙은 입의 계보

근방엔 잘게 부서져 쏟아지는 눈발, 어서 와, 자꾸만 뜯어
내는 동그란 방문, 석탄 냄새 번져나는 무릎들이 환으로 구
부려 앉아 파란 별을 올려다보고 있다.

수런대지도 않고 헐리는 게르
혀로 핥아보면 봄의 폐허에서 흐린 풀맛이 난다.

지구 알약

불안하다, 에 붙들렸다가
더 불안하다, 는 외신에 사로잡힌
비교라는 질환의 나날

달을 벗기는 구름을 모아 오늘의 포즈를 처방받는 대기.
약봉지에는 화성 한 알 금성 한 알. 물 한 입 머금고도 불면
의 눈두덩이 푹푹 부화하는

알은 밤 몰래 홰치는 닭마저 잡아먹고 해 한 첩 삼키고
하루 한 첩의 약으로

배꼽이 뜨거웠다. 죽은 연인들의 로맨스를 탐독했다. 조
제와 처방전은 뒤로 안은 탐닉의 관계. 전망 좋은 발코니를
굽이치는 삼각의 통증. 불길 잦아들지 않는 바람의 불상사.
첨탑의 십자가와 묘지 위 할미꽃잎에 동티가 났다. 불의 혓
바닥에 감염된 외신은 알의 생산성과 약효를 논하지만 중요
한 것은 구름의 기분,

기분이 다리 걸치기 전에 알몸을 훔치는
판결 이전에 인류는 하루 치의 구름 복용법을 이첩하는
중이었다. 콩닥거리는 기분의 피핑 톰은 다투어 눈을 뜨고

그날의 외출복

평생을 표준형 몸으로 산다면
다섯 번째 아이처럼 쉬쉬할 것이다
물려받은 설빔 같을 것이다
몸무게가 바꾼 옷들을 옮겨 다닌 아이가
동생이어서 엄마의 얇은 뒷주머니는 결판났지만
조상 중에 거구의 망자가 있었다는 것
그분은 관 밖으로 발을 내미는 바람에
황망히 짜 맞춘 자리에 부처님처럼 누웠으므로
두 배의 상두꾼도 두 배의 노자를 불렀을 것이다
왜소한 조상의 표준관 빈자리를
평복으로 채우던 날은
명절날에 노란 양말을 찾는 기분이었을 것이다

저녁나절의 옷을 갈아입다가
옷이란 염라대왕이 보낸 몸집 감시자 같아서
꽉 낀 옷이 몇 번 파들거렸다
그날에 알맞은 장례 준비하려고
옷장을 살피고 치수를 재는 어른거림

그날의 저물녘 그 지붕 위로
남겨진 옷가지 하늘 깊이 올려보냈을 적에
여벌을 껴입고도 잿빛으로 추웠지
부지깽이 뒤적이는 동안 어스름이 풀어헤친
몇 벌의 몸짓, 차사의 사슬같이 붉었고
불기운 가물거리던 그 밤의 소리
쉿, 쉿, 너는 다섯 번째 아이란다

사이사이의 커튼

할머니의 연분홍 주름은 어떤 커튼이었을까
어떤 앞쪽과 뒤쪽을 가린 것이었을까

앞쪽의 이빨로 뒤쪽을 우물거리는
사이사이의 연분홍 할머니들
아무리 주름을 펼쳐도 햇빛은 없고
우물우물 갇혔다는 생각뿐
아무도 몰라보는 옛적과
닮지 않은 또 옛적
앞과 뒤를 기다리기만 하다 저녁답에
갇힌 줄도 모르는 할머니들
식별 없는 안경을 쓰고
사이사이 깜깜해진 혈족을 살피네

월요일의 화분 같은 통로를 끼고
가려운 등을 긁는 손톱의 감으로
사절 애국가를 부르는 차렷 자세로
먼 곳이 앞인지 뒤인지 아직도 모르면서
달 하나쯤 간단히 들어 올리거나 내리면서

주름을 좌악 펼치고 닫으며
가리거나 가려야 하는 질감에 새겨진
저 노숙한 주름

제4부

밤 11시, 에메랄드그린 침대

감나무 화단

채송화는 시큰둥하다, 자라지 않는 키 때문에 종일 고개가 아프다. 봉숭아는 장전된 폭탄, 언제쯤 터질까 조마조마하다. 언니 접시꽃은 화가 났다, 자꾸만 납작해지는 얼굴에 기미가 잔뜩. 이에 맨드라미는 고개를 끄덕이거나 돌리는 버릇, 동무들도 고개를 끄덕이거나 돌리며 닭 볏 흉내를 내본다. 괭이밥은 봉숭아에 뒤질세라 툭하면 튀쳐나간다. 분꽃은 소리 지르다가 성형수술 타령이다가 콧대를 뾰족하게 잘도 세우는 칸나를 부럽게 쳐다본다. 나팔꽃은 유전자변형을 시도하더니 얼굴이 터져서 돌아온다. 해바라기는 건들지 말라며 눈을 내리깔고 막 떨어져 뒹구는 감꽃을 걷어찼다. 방울꽃은 쌍꺼풀진 눈매와 브이라인 턱선으로 랄랄라 신촌행, 새털구름 덩실덩실, 꿈길은 날봐날봐. 채송화는 담 넘어온 부용화를 짝사랑하다가 이젠 열애 중이다. 봉숭아는 더욱 위태로워지고 아우 접시꽃은 화장을 지웠다. 이 모든 사태를 끌어안은 멀대 감나무는 볼록총채벌레와 머리 싸매고 투쟁 중이다. 두툼해진 팔다리가 기세등등 출렁거릴 차례다.

어제의 표정

어제 스케치했던 아그리파 흉상이 흰 눈동자로 노려보았다.

어제의 표정으로 선생님께 고개를 숙였다, 선생님이 어제의 표정으로 나를 안았다.

어제의 표정으로 선생님이 나의 단단한 치아를 밀어내며 혀를 찾았다.

나는 한 번도 드러내지 않았던 입술로 이를 악물었다.

선생님이 어제의 표정으로 말했다.

"처음이야?"

온몸을 비틀었다, 열 배는 힘센 선생님이 나를 놓았다.

친구들 모두 하교한 토요일 오후에 엄청난 소음으로 미닫이 출입문이 열렸다.

교문 앞에서 선생님을 만났다, 선생님이 먼저 고개를 돌렸다.

기말고사 점수는 89점이었다, 1점 때문에 나는 조금 울었다.

선생님이 부르셨다,

부르셨다, 또 부르셨다.
찾아가지 않았다.

선생님을 나는 달래줄 수 없었다.

책상제국

다시 신데렐라 시절이에요. 탄생설화가 깊은 숲이니까. 최소 면적 국가에다 헌법은 네모. 한두 개 의자를 거느리고도 입헌군주제 좌식 논쟁을 벌여요. 커피를 쏟은 모양으로 재난을 선포하고요. 네모 헌법에는 적당한 귀퉁이를 두어 어떤 모서리라도 맞춥니다. 뾰족구두를 기반 삼았으므로 낙차의 면이 물푸레나무 같군요. 푸른 물빛이 국경의 기틀이라 갈고 닦은 숲의 음표와 말과 숨을 내뱉는 통로는 눈으로 조율됩니다.

힘센 하이힐들이 재난대처법 제1조를 창문 일조권으로 밀어붙였다니까요. 사람의 가죽구두를 속국으로 거느려요. 종렬형 횡렬형 원통형으로 그들은 대략 나열됩니다. 말은 흰 변방으로 새고 숨은 젖빛으로 젖어 물컹한 안색을 삐죽거립니다. 팔꿈치는 어긋나서 끄덕끄덕 잠꼬대의 한나절로 번성 중이고요. 사람의 앞면과 뒷면을 부축하므로 엎어지면 코가 푸른 뾰족에 닿는군요.

제철을 모르고 번성하는 물푸레 나뭇가지와 뼈살이꽃 살살이꽃 피살이꽃 숨살이꽃 혼살이꽃 웃음꽃 싸움꽃 수리멸

망악심꽃 들이 뻥뻥 솟아납니다. 신화 속의 신산만산할락궁이 변두리 소국을 선포하던 찰나였죠. 논쟁이 빳빳해지고 땅덩이가 반질거리는 일은 눈 깜짝할 새에 진행됩니다.

이런 신데렐라 시절은 난생처음이야. 한두 사람을 마련해 닫아놓은 입과 구두가 상통하는 나라. 실수든 트집이든 커피를 쏟거나 접힌 입술을 햇볕에 자주 펼쳐야 합니다. 엎드리고픈 볕살의 오후가 뾰족뾰족 다가오거든요. 말이 숨차게 돌아오고 젖은 숨마저 아늑해지면 기원을 찾는 참개구리들이 와글바글 어둠을 불사릅니다.

맨발을 크로키하는 11시 11분

첫 신발을 신은 기억은 나지 않는다

그때 발은 각자의 옹알이를 배우고 있었으므로 자주 넘어졌을 것이다. 두 개의 바깥을 막 지나왔으니 세 번째 바깥을 신었을 것이다. 양쪽 신을 바꿔 신고서 발이 이상해 울었을 것이다.

맨 처음의 문밖으로 달려 나가
바깥에 걸려 엎어졌을 것이다
까진 무릎을 호오 부는 장신구 같은 신발이었을 것이다
장신구는 닳거나 찢어지지 않고 다만
금세 자라고 금세 잊혀졌다.

제 발에 맞는 신이 생기면서 아이들은 문밖을 더 좋아하고 더 좋아한다는 말에는 알록달록한 리듬이 섞여 있고 놀이의 법칙은 제각각 달라서 뒤축엔 수백 마리 새들이 날았다.

몸져눕는 날은
신발을 기억하지 못하는 때다
하나뿐인 신을 빨아두고

바깥을 그리워하는 날이다
휴일도 놀이도 새도
블라인드를 내리고 오늘의 늦은 운세를 읽는 날은
넘어진 어린 신발 돌아와
숨은그림찾기를 하는 날이다.

기억나지 않는 신발 한 켤레 자박거린다
어둠의 선들이 날렵해진다.

자기 표절

꿈은 생시를 베끼고
해몽은 은유를 데려와 역설을 꿈꾼다
다른 베개와 뒤척임을 처방받아도
같은 운율과 철자법을 따르는
꿈은 필사의 연속

스무 살은 언제나 낮잠을 두드리고
간간이 끼어드는 무호흡은
자정 지나 등장한다
무감한 줄거리를 뛰어넘거나 뛰어내린다
잠에서 스물두 번의 자살을 하고
언제나 식은땀 나는 분간을 얻었다

꿈에 만난 봄을 찾아가면 생시의 가을이
잠든 가슴 근처에 쿵, 모과를 떨군다
계절을 공모한 누군가 모과 입구를 두드린다
모과벌레가 집을 떠나는 순간이 왔다

방금 지구의 한 귀퉁이를 비질했다

그린란드 해빙으로 가는 벌레를 찾아냈다
북극여우가 얼음장 아래로 얼굴을 들이민다
고양이가 꽃밭에서
나비애벌레를 갖고 논다

잠의 방문은 기척도 노크도 없이 열리고 닫힌다
내일 만날 것들과 어제 만난 것들이 분별없이 드나든다
복사되는 낮과 밤을
이유 붙여 시비할 수가 없다
저항할 수 없는 것들은 원래 힘이 세다

봄의 유서

내 얼굴이 나비로 변태했다.
나비는 웃다가
우는 표정이었다.

어제는, 수평선에 아슬아슬 앉은 나비가 섬과 배로 떠다
녔다. 수평선을 일렁이며 바다를 진찰하는 나비야 꽃의 눈
동자를 청진하는 나비야 아지랑이에 매달린 마리오네트 인
형처럼 봄의 오진에 동원되는 나비야

나비의 체형을 풀면 상형문자 유서가 유형별로 드러난다.
봄꽃이 수피를 뚫지 못하면 내홍이어서 어떤 나무에겐 종양
오진이 내려지고, 목을 만지면 숨소리마다 신음이 봉긋했
다. 나비가 날아든 수평선을 아이라이너로 바르고 막 푸르
러지는 가지를 귓속에 면봉으로 넣었다.

나비가 앉은 심줄마다 오래 무심했던 흔적이 부풀어 있
다, 가는 발목이 붙들려 있다, 그러나 나무를 돌아 나가는
발목은 숨기에 안성맞춤이어서 나비는 한순간 목을 돌려 막

대 인형극의 아이처럼 사라지고

나는 나비 얼굴을 떼어내고
부푼 심줄을 뜨개실로 풀어내고
봄날 유서를
목주름같이 구긴다.

송곳 아포리즘

송곳은 이마에 얹혀 있다
눈빛에 귓등에 입술에 있다
송곳은 언제든 떠날 태세를 갖췄다

송곳은 눈을 부라린다
차갑다
가끔 이별을 한다

송곳은 어렴풋하다
꼼짝하지 않는다
이상하다
음모에 말려든다

송곳은 거미줄이거나 희극배우일 것
송곳을 묘사하는 밤은 자주 얽히고
관객은 지배당한다 박수를 친다
그럴 때 송곳은 부드럽다
속이 꽉 찬 네모다

송곳은 만질 수 없는 각에서
휘파람을 불며
빨간 콧등을 어루만진다

송곳은 어디로든 갈 길을 낸다
언제든 이탈의 궤도를 찌르고 있다

울음 첩첩

당신 집의 리듬과 내재율은
문에게 물어봐야 하는 거래
연다와 닫는다의 측면에 숨은 울음이 있고
거기에 첩첩이 달려 있어서
마른 요철로 그렇게
소리 내어 우는 것

울음에 관해서라면
여름만 한 계절이 없대
집 밖 어디에나 문 없는 곳 없어서
첩첩은 운율의 일가라네
멧비둘기 구구를 흔드는 산울림도
무당개구리 붉은 배의 첨벙거림도
여름의 울음들이래

당신 울음이 한 벌인 까닭은
열 때와 닫을 때의 질서가 달라서래
한 벌의 관계에 속한 리듬을
여닫아본 사람만이

한밤의 핀잔을 듣는 거니까

우기가 다 지나도록
마르지 못한 첩은
여닫는 소리의 한쪽을 몰래 드나드는 거래
울음 짝을 찾을 때까지 울어야 하는 거래

시침 없는 벽시계

유월에 본 접시꽃 팔월에도 피어 있다
너는 꽃받침만큼이나 지루해
늘어진 꽃잎을 보니
당월도 매월도 집적거렸군

벽에 눌어붙은 벽시계가 물음 없이 똑딱이고 눈뜨거나 눈
감은 나도 대답 없이 똑딱똑딱 따라가다가 이상한 나라의
폴이 될 것 같아 이상한 나라로 니나가 잡혀 있는 마왕의 세
계로 빨려들 것 같아 소리 없는 벽시계로 바꿔버린 지 한참

두 시인지 세 시인지
분침인지 초침인지 모를 때가 좋았다
우악스럽게 두 시에서 세 시로 나를
몰아붙일 때가 좋았다

야식이 붕붕대는 오토바이 눈뜨다 눈감다 한 집 건너 초
인종이 들리거나 말거나 어른들은 모르는 사차원 세계로 간
다 니나를 구하러 삐이빠빠 삐이빠빠 달려오고 달려가고 깜

빡 눈감은 사이 아이들이 없네

나는 똑딱이다가 똑딱이지 않는
어둠에 홀로 남아 흐릿한 화면이 된다
꽃받침만큼이나 지루해져
마왕의 눈빛같이 늘어져
흰 향기를 찢으며
치자꽃아, 너는 아직도

따끔따끔 박차

등허리가 따끔거릴 때마다
나는 박차고 있나

마냥 도는 지구를 긁어대는
저 소리 없이 맹렬한 별들의 따끔거림 또한 박차일까
계속 감든가 풀든가
엉키기만 하든가

그래서 말들의 속도가
등허리의 속도였을까

전력질주 끝의 몰아쉬는 숨은 온통 가시가 돋고 풀쐐기가
쏜 듯한 등허리였으니

너무 빨리 달린 사람에겐 그래서
따끔거리는 발굽 소리가 나는 것일까

반짝이는 박차가 달린 부츠를 신어야 할까
등허리를 박차는 사람을 등에 태우고

속력을 높이는 말들, 어떤 속력은 채찍의 속도라고
고삐를 움켜쥐는 접점

거친 숨소리를 따가닥따가닥 내뱉는 순간이 온다 하여
그렇다 하여 반짝이 박차가 달린 부츠를!
신어야만 하는 걸까?

등허리가 히히힝거린다
나를 박차는 저 소란한 별들의 들끓음
나직이 저물어가는 말발굽의 저 귀띔
따라가거나 따라잡히는 우발적 속도

굳은살

이제는 무덤덤한 이름이라 하지
손가락을 떠도는 물의 힘으로 운지법을 건너왔으니까
마찰을 나누는 죽은 살의 감흥으로 음계를 붙들어 노래
불렀으니까
서로를 누르며 뻣뻣해진 습도는 각자의 뒷면에 기록됐으
니까

퇴로를 열어두고 출구를 막는 방법으로 기타를 우쿨렐레
를 만돌린을
압박하는 갈림길은 맨드라미 씨앗 같았으니까 울림 빠진
군살이 분명해질 때 부푼 소리도 떨리는 소리도 없는 반쯤
눈감은 손가락은 해바라기 씨앗이었으니까 물길을 휘감은
살이 명징한 꽃씨로 휘잉, 바람의 행간을 조율하는 날갯짓
이 포물선으로 쟁쟁,

숙련의 과정에 좁다란 터널을 뚫어놓고
어긋난 수술이 어긋난 암술을 필사적으로 가둬온

무덤덤한 표정을 긁적이는 살갗이 지금 있다면
오래 쓰라렸던 이름이라 하지

느티나무 적막

나는 언젠가부터
느티나무 아래를 맴돌았는데
이울어간 들녘 너머로 팽팽해진
별빛 어둑신한 발걸음
시나브로 맞닿아온 맴맴은
거기로 들어간 아버지와 깜깜한 엄마
아이들이 내 별꽃밭을 뒹굴고
아이들이 배고파 집으로 흩어지고
흩어지는 바람은 노래지고 꾸불텅한 내 그림자는
책가방으로 단풍잎으로 팔뚝으로 자라
늦여름이 초가을로 달아나고
구절초 잠꼬대에 커지는 귀뚜리 눈망울 한 뼘의 빗방울
엄마는 아버지를 나란히 걸어가는 사월의 영산홍으로
나는 엄마의 초록 손짓에 꽃잎의 목소리를 꺼내고
맴돌아갈 밑씨의 눈빛 탕탕 부풀려
지난날 그들이 나란했던 여기
느티나무 저물녘에 내 별나라 무릇
이슥도록 펼쳐놓는 무릇

철수 형과 꼭짓점

앞집 철수 엄마는 엄마보다 별을 잘 그렸다.
엄마는 별 그림 꼭짓점을 세 개만 그려주었고
철수 엄마는 네 개였다.
산수책의 꼭짓점 다섯 개가 아쉬웠지만
그런대로 비슷해서 철수와
숙제를 들여다보며 환히 웃었다.
바쁜 엄마들은 꼭짓점 모두를 채울 새가 없었다.

하굣길에 철수 형이 불렀다 막 대문을 밀다가
다섯 꼭짓점이 있으려나, 철수네로 뛰어갔다.
순이와 셋이 소꿉놀이하자 했다.
뒷산으로 갔다 철수 형이 말했다.
우리 엄마가 별 그려줬으니 바지 벗어!
둥근 묘지 앞으로 늦은 해가 저물고 있었다.

셋만 아는 비밀이 나돌았다.
바쁘다며 순이 공책에 꼭짓점 두 개만 그려준
철수 엄마가 나빴다 모내기가 나빴다.

별자리 멀어져 설렁설렁 뒤란을 떠나고
순이도 떠나고 철수도 나도 떠났다.
확인되지 않은 별들의 꼭짓점이
둘 셋 넷 혹은 다섯으로 도시의 밤하늘에
빛났다.

식물성 불면

한 권 노트에 식물성 낱말을
가리지 않고 심었다
제목을
풀밭
이라고 세웠다

어쩔 수 없이 오늘 밤에는 식물성으로 대화하는 법을 배워야겠다, 어젯밤에 들은 말이 저만치 자라났으니 내가 한 대답에서는 빨갛거나 노란 변명이 속속 피고 있을 거다

모든 대화는 과정일 뿐이므로 질문과 대답 사이로 한쪽 다리를 잃은 고양이가 뛰어가고 감자꽃이 피고 진딧물과 개미가 어느 맨발 같은 의견 사이를 지나가겠다

너와 나를 뒤섞어 말할 수 있겠다, 저렇게 엉키고 넘어져도 섞이지 않는 씨앗들, 봄과 여름을 긴 소문으로 채우고 가뿐히 말라가겠다, 가을, 그래서

겨울 풀밭의 말을

다섯 살의 입술로 또박또박 눕혀야겠다

겨울잠을 도로 심어야겠다

질문과 대답 사이로 유리창에 흰 꽃 흐드러지고 볼과 볼
에 가랑눈 물들면
파스텔화에 접어든 내일의 불면이 빼곡하게 자라날 거다

물의 영법

내가 아는 그녀는
물살 센 잠수복을 평생 입었지요
각종 영법으로 온몸을 휘저으며
여러 사람을 기슭 쪽으로 능숙히 건네기도
빨랫줄에 스스로를 걸고는
팔다리를 바지랑대 그림자처럼 늘이기도 했지요

물은 오래 참는 선택을 좋아한다지요
밤이면 거대한 물의 폐가 철렁철렁
참았던 호흡을 내뿜습니다
숨의 경계를 줄타기한 전력으로
끝내 몸 하나를 물 너머로
몰아낼 시도를 한 적도 있습니다
무게에 짓눌릴 때 마지막 영법은
참은 숨을 내려놓는 선택이라지요

그녀는 내 잠수복이었습니다
거친 물살을 벗어둘 때마다
튼살을 불리며 내 무게는

땡볕을 모았던 것인데

팽팽하던 바늘땀 풀어내며
닳고 해진 잠수복이
빨랫줄에 걸어둔 영법을
지금껏 탐구 중입니다
반가부좌로 몸 밖을 유영하며 한 오백 년
사유를 말릴 자세입니다

달빛의자

저문 의자에 앉아
비스듬히 잠드는 반대편을 생각한다
나의 저쪽에서 저녁을 접는 의자에 앉아
아주 긴 스틱 한 벌을 준비하고
드럼을 치듯 달을 친다
밀물의 음악이 맞닿는 거기
달의 민원이 극심하다
의자와 저녁 사이의 기울기에서
스스로라는 한마디 없이
모퉁이와 사각지대 어디든 밀려든다
그곳은 세상에서 가장 큰 반사경
몇 척의 파도가 접안시설로 몰려간다
먼 마력으로 굴곡진 연안선이
비스케이만을 돌아 이호테우 해변을 돌아
톱니의 나날과 리아스식 해안을 감는다
달의 수위에서 등은 익사하지 않고
부른 아랫배와 찡그린 이맛살의 오늘이
밀물의 리듬에 느린 발목을 담근다
의자는 모든 출연자의 주인,

저편의 달이 접이식 의자를 접는다
밀려왔다 밀려간 수많은 한때가
물결 위에 애동대동 빛난다

잠입

서성거린 몸짓
두근거리는 숨길
나를 닮은 누군가의 행적

발도 신발도 없이 고래무늬 벽지를 깨우며 물결무늬 발자
국으로 다녀가는
아무도 모르는 나를 흩트려놓는

각진 그림자를 윽박지르며 검은 방을 풀어헤쳐놓는
내가 네모난 때의

돌아눕는 낌새에도 쿵쿵대는 귓속말
방문을 열어젖히고 가쁘게 밀려드는

이제 겉옷은 벗어도 좋다며
은밀한 속눈썹을 은근히 눕히는

두드린 적 없는 장면 속으로

들은 적 없는 누설을 끝내 범하고 달아나는

왕복하는 잠
언젠간 꿈의 이의를 받아들여
온 길을 가지도 간 길을 오지도 않는 날이 있을 거라는

빛의 꿈이 펼치는 풍경으로의 시

이병국

연다와 닫는다의 측면에 숨은 울음이 있고

시인은 빛의 꿈을 꾼다. 빛의 기원을 찾아 새벽에 귀를 열기도 하고 발끝에 불시착한 어느 생애를 머뭇거리기도 한다. '시인의 말'에 얼비치는 빛의 색들은 시집의 각 부의 토대가 되어 활자를 매만지며 삶의 기척을 예민하게 감각하는 한편으로 균열을 은폐한 기만적 세계 속에서 슬픔을 체화한 이미지로 우리 눈앞에 그려진다. 길들여짐, 혹은 깃들임, 부정과 긍정이 상호 교차하면서 이루어지는 김려원 시인의 시편들은 겉으로 드러나는 얼굴, 그 배면에 침잠해 있는 그늘을 "이슥도록 펼쳐 놓는 무릇"(「느티나무 적막」)의 빛으로 길어 올린다.

이 빛을 마주한 우리는 옥타비오 파스가 말한 것처럼 시인과 함께 독자의 자리에서 시라는 불꽃을 일으킨다. 그럼으로써 불꽃은 붉고 푸르고 하얀, 더 나아가 투명한 색으로 나아갈 수 있게 된다. 그것은 시를 쓰는 층위에서 시를 향유하는 층위로의 자리 옮김이자 그 자체로 또 다른 시적 작업의 수행이 되어

141

지속적인 성찰을 가능케 한다. 세계를 사는 존재의 사유를 탐구하는 데 중요한 기점이 되는 시라는 장소는 그리 간단하게 정리될 수 없겠으나 우리가 감지하는 시인의 시간으로 말미암아 일정한 소격 효과를 만들어내며 치열한 삶의 현장을 경험하도록 이끈다. 자기 관조적인 성찰의 언어에 몸을 싣고 은유적 수행이 상상하는 실재의 뒤편에서 은근히 발하는 빛의 꿈과 조우하는 일은 그것만으로도 특별한 성취로 다가온다.

이것은 김려원 시인의 첫 시집 『천년에 아흔아홉 번』을 읽고 난 후 인상을 직조한 이미지이지만 시집에 '잠입'하여 읽게 될 시편들을 관성에 기대어 판단하지 않으려는 한 독자의 내밀에 닿아 있다고 할 수 있다. 우리는 언제나 특정한 대상을 마주하면서 그 대상과 관계 맺는 세계를 총체적으로 보지 않고 '나'와 '너'의 이자 관계에 치우쳐 판단하려는 오류를 범하곤 한다. 이는 겉으로 드러나는 것만을 취하며 뒷면을 보지 않으려는 회피의 유혹에 휩쓸리기 때문이다. 라캉이 말하는 이자 관계는 주체가 자기 자신과 관계 맺는 나르시시즘적 관계와 타자와 맺는 의존적이면서 갈등적 관계를 포함한다. 이때 주체는 타자에 대해 소외와 분열, 공격성의 감정을 지니게 되며 스스로를 취약한 자리에 놓게 된다. 취약함이란 자신의 총체성을 인지하지 못하는 편협한 인식에서 비롯되는 한편 타자를 자신의 욕망을 위협하는 불온한 존재로 인식하게 되면서 발생한다. 그것은 어쩌면 우리가 응당 처하게 되는 위험인지도 모른다. 시는 그러한 우리의 일반적인 관념 체계를 전복시키며 고통의 향유를 통해 전면적인 반성을 모색하도록 한다. 이를 위해 요구되는 것은 세계를 감각하는 시적 주체 내면의 단단함이다. 시적 주체, 혹은 화자가 경험하는 세계가 아무리 폭력적이고 위압적일지라도 그것과 마주한 주체의 단단함으로 쌓고 연결하는 의미의 구체성이 존재의 취약성으로부터 우리를 다른 자리에 설 수 있게 손 내밀기 때문이기도 하다. 김려원 시인이 내민 저 손의 단단함이란 시인이 그려낸 시간의 빛깔과 그것을 향해 나아가는 빛의 꿈, 그 한 축에 존재하는 것일 테다.

속이 참 오랫동안 비어 있었겠지요

단단함은 어디에서부터 연유한 것일까. 이 질문에 답하기 위해 김려원 시인의 등단작인 「후박」을 먼저 살펴보려 한다.

어둑해지는 산길에서 후박꽃들 어두워진다.

어차피 꽃잎의 질서란 밤과 낮을 보고 배운 방식이니까, 저녁은 두껍고 아침의 산길은 한없이 얇아서 모두 후박나무의 차지다.

나는 서둘러 산길을 내려오면서
저 어두운 밤이 모두 축축한 나무들 껍질로 단단해지는 것을 보았다.
흐르는 소리의 소유권을 주장하듯
물길 옆, 나무들 흔들리다가
물길을 닮아 구불구불해지는 것을 꽤 여러 해 지켜보았다.

계곡에 박힌 돌부리들, 물에 걸려 넘어진 저것들은 실상 옆 새우나 가재, 도롱뇽이나 개구리와 같은 냄새를 풍기며 모래의 날들로 간다.

—「후박」 부분

이 시를 당선작으로 뽑은 맹문재 시인은 심사평에서 「후박」에 대해 "서정성을 바탕으로 내용과 형식이, 주제와 표현이 잘 결합된 모습을 보여주었다"고 하였다. 그것은 "세계 존재들이 자연과 함께하는 운명이라는 시인 인식을 심화시키고 있"는 데에서 연유한다고 본 것이다. 이처럼 「후박」은 서정성에 기반하여 자연과 함께하는 세계의 존재를 총체적으로 사유하는 데 중요한 시사점을 준다. "꽃잎의 질서란 밤과 낮을 보고 배운 방식"이라는 표현에 드러나듯 자연의 질서란 시간의 총체성을 전유한 것이라서 주체는 그 질서 속에서 단독자로 소외, 고립되기보다는 세계와 관계 맺는 방식으로 확장성을 지니게 된다.

시적 주체는 "저 어두운 밤이 모두 축축한 나무들 껍질로 단단해지는 것"을 감각하며 시간과 공간이 교차하는 순간을 가시화한다. 그럼으로써 이면에 흐르는 광대한 역사적 서사를 실감할 수 있는데 그것을 가능케 하는 것은 '후박나무'라는 존재다. 후박나무는 자연의 질서를 내면화한 채 세계를 자신 안으로 이끈다. 그것은 "흐르는 소리의 소유권을 주장"하는 것처럼 폭력적인 욕망처럼도 보이지만, "흔들리다가/물길을 닮아"가며 타자를 환대하는 절대적이고 포용적 주체로의 전환을 생성한다. 시적 주체는 이러한 후박나무에 동일시함으로써 "어두운 밤"이 불러오는 불안으로부터 벗어나 "단단해지는" 자신을 경험하게 된다.

이는 주체의 자기 정립을 의미한다고 볼 수 있다. 그러나 이때의 단단함은 외부의 어떤 자극에도 영향받지 않는, 혹은 단독자적 존재의 강인함을 의미하는 것이 아니다. 끊임없이 '나' 아닌 다른 존재, 즉 타자와 영향을 주고받으며 "구불구불해지는 것". 그것은 직선적 · 수직적 세계의 위계가 주는 폭력적 지위와는 거리가 먼, 유연한 존재의 환대가 이루어져 "오르막과 내리막"을 "한 호흡 속에" 담아 "계곡에 박힌 돌부리들"과 그것에 걸려 넘어진 존재들과 함께 서로 갈등하지 않는 "모래의 날들"을 구성해내도록 한다. 이야말로 이자 관계를 넘어서서 주체와 타자를 총체적으로 사유하는 시인이 꾸는 빛의 꿈이 아닐까.

그러나 시집에 실린 시편들을 따라 읽다 보면 김려원 시인이 형상화하는 빛의 실체가 그리 밝지만은 않다는 것을 우리는 얼핏 느끼게 된다. 그 이유는 무엇일까. "어둑해지는 산길" 서둘러 내려오고자 한 시적 주체의 불안은 어디로 이어져 있는 것일까.

　　너는 왼쪽을 찍었고
　　나는 오른쪽을 찍혔다

　　그것을 모르는 척하기 위해
　　흰 벽면을 숨겨두고 우리는 앞쪽의 즐거운 컬러들
　　그렇다면 찰칵, 이라는 소리는
　　또 얼마나 얇은 부피인가

그리운 찰칵
먼 부피

주인공은 따로 있다
매 순간의 주인공은
치즈나 김치를 먹은 스마일

어느 날의 스마일을 흉내 냈을 때
그날의 엄마가 돌아와 벽으로 돌아누웠다
지긋지긋한 발음 몇 마리가 천장에 부딪쳤다
귀찮은 천장이 방바닥을 긁었다
벽장에 숨겨둔 증상들이 바깥을 넘봤지만
아무도 달 별 해 그런 질환을 앓고 있지 않았다
달을 뽑아내고 별을 심는 때가 매달 왔으므로
두서없는 기분 따위는 무채색으로 눌러두었다

개꿈 다음 날의 아픈 무릎을 위로하며
퉁퉁 부은 신발을 내던진다
멸망한 어제가 합류하고
어떤 사진을 들여다봐도
나는 늘 가장자리에 서 있다
온갖 그랬다면 저랬다면으로 귀퉁이가 닳아온,
뒷면은 여전히 흰 벽이고
누렇게 변해가는 주인공들
물방울 번진 표정으로 기대어 한 컬러인
우리의 훗날

—「사진의 뒷면」 전문

146

'나'와 '너'는 언제나 어긋난다. "왼쪽"과 "오른쪽". 그것은 서로 마주 보고 있는 상황에서 동일한 방향을 가리키는 것인지도 모른다. 그렇다면 '나'와 '너'는 어긋나지 않았다고 할 수도 있겠다. 그러나 이어지는 "그것을 모르는 척하기 위해"라는 구절은 동일한 방향이라기보다는 서로 어긋난 어떤 상태를 애써 들추어내지 않으려는 관계의 안간힘을 보여주는 것처럼 보인다. 그러니 "흰 벽면을 숨겨두고" "앞쪽의 즐거운 컬러들"만을 보고자 하는 것일 테다. 그러한 관계는 "얇은 부피"이자 "먼 부피"일 따름이다. 멀고도 얇은 관계의 층위는 '나'를 한없이 위태롭게 만든다. 언제든 무너질 것만 같은 관계를 애써 외면하는 일은 그런 이유로 지속되고 그 과정에서 '나'는 불안을 해소할 여지가 없다. 그런 이유로 "즐거운 컬러"란 그저 "스마일을 흉내"낸 기만이 되어 "두서없는 기분 따위는 무채색으로 눌러두"어야 하는 "숨겨둔 증상들"로 시적 주체를 내몬다.

은폐와 기만은 무엇도 가릴 수 없다는 것을 우리는 잘 안다. 억압된 것은 귀환하기 마련이다. 아무리 숨기려 해도 진실은 드러날 테지만, 그 순간이 언제일지는 누구도 알 수 없다. 결국 "골목의 소문까지 덧붙어 습해진 이야기들"(「시시각각 메니에르」)까지 감당해야만 할 처지에 놓인 시적 주체는 지나가기만 하는 "순간의 얼굴이 넘쳐"나는 세상 속에서 "마지막엔/거짓씨만 남"(「건너뛰기」)아 존재를 망실케 하는 위기에 처할 수밖에 없을지도 모른다. 그렇기 때문에 시적 주체에게 "금이 간 벽에는 흰 덧칠에 띠지를 덧대는 상책. 갈라진 마음 까짓것 감추면 그만"(「사이프러스 나무 곁에서」)이라고 말할 수는 없는 노릇이다.

진실을 은폐하고자 하는 불편함은 주체에게 불안을 가중시킨다. "주인공"의 자리에 설 수 없는 것. "늘 가장자리에 서 있"어야만 하는 상황에서 벗어나기 위해서라도 "그랬다면 저랬다면으로 귀퉁이가 닳아온" 과거를, "여전히 흰 벽"으로 존재하는 "뒷면"을 직시할 필요가 있다. 그런 연후에 비로소 "위태와 불안을 각인"하여 "어떤 너머를 꿈꾸는" "꽃망울"의 미래 가능성으로 이어질 수 있기 때문이다(「꽃망울」). 이를 위해 시적 주체는 인식의 전환을 이끌 계기를 마련해야 한다. 이는 자신의 상황에 대한 자각을 넘어서 타자와 만나는 세계의 폭력적 현실을 목도하는 데에서 비롯될 수 있다. 넘어져 "상처 난 나비"의 "엎어진 울음"과 마주하는 것, "아무도 일으켜주지 않"아도 "허공에 자신만의 그물을 직조한 나비"가 자신의 생명력을 포기하지 않고 "발끝을 궁리"하는 모든 순간이 "꽃밭"이 될 수 있다는 것을 깨닫는 것처럼(「넘어진 나비」), 폭력적 관계에 휘둘리지 않고 단단하게 자신을 지탱하는 삶의 양태를 찾아야 한다. 비록 그것이 고통스럽고 지난한 과정을 거쳐야만 하더라도 말이다. 뒷면의 사유. 이것이야말로 김려원 시인이 불안을 돌파해내는 단단함의 토대가 아닐까.

참은 숨을 내려놓는 선택

그럼에도 불구하고 뒷면을 사유한다는 것은 어렵기만 하다. 어쩌면 그것은 우리가 주어의 삶보다 목적어로서의 삶에 더 익숙하기 때문인지도 모른다. 우리는 능동적 주체로서의 삶보다 세계가 요구하는 생활의 양태를 따라가는 데 급급한, 수동적 타자로서의 삶에 길들어 있다. "어제와 다름없는 주어"인 채로 "푸슬푸슬 내디딘 발끝에서 빛의 부재를 켜는 탁! 채우지 못한 목적어가 오늘을 텅, 당신을 닫아"(「한 권의 당신」)걸고 있다는 것을 감각하는 시인의 시선이 아프게 다가오는 이유가 거기에 있다. 주어로서의 '나'는 단단해지려면 도대체 어찌해야 하는가. 시인이 제시하는 하나의 방법을 따라가 보자.

> 위보다 아래가 이토록이나
> 무거웠지 어떤 무게가 닥쳐와도
> 머리는 몸뚱이를 감당할 수 없는 거지
> 그동안 건들거린 무게가
> 신발과 나란한 두 발이 아니라
> 가벼운 목과 정수리임을 꿍꿍
> 핏길에도 오르막과 내리막이 있다는 걸
> 몸을 힘겹게 나르고 있다는 걸 꿍꿍
> 결국엔 쓰러지는 일
> 중간이 허물어지는 일
> 두 발 또 딛는 일
>
> —「물론, 물구나무」 부분

돌이켜보면 타자인 채로 살아가는 것은 정해진 규칙 안에서 안전하게 살 수 있는 한 방법이기도 하다. 물론 타자라는 존재가 세계의 폭력으로부터 강요된 자리에 내몰린 위태로운 존재 양태인 것은 분명하다. 끊임없이 타자를 만들어 아버지의 금기로 억압하고 소외시키며 대상화하지만, 이러한 행위가 '나'로 하여금 주체의 자리에 서도록 하진 않는다. '나' 역시 누군가에게는 타자로 존재할 것이 뻔하기 때문이며 세계와의 관계 속에서 언제나 열등한 자리에서 결핍된 존재로 머물 수밖에 없기 때문일 것이다. '나'의 몸은 어떠한가. 정신적 층위를 상징하는 머리와 달리 몸은 육체적·동물적 층위에서 사유되며 형이상학적 이성에 비해 열등한 형이하학적 지위를 부여받는다. 그러나 삶을 지탱하는 것은 육체성에 있다. 몸은 머리를 감당하며 치열하게 삶을 떠받친다. 허무와 비애에 매몰되지 않고 욕망으로 점철된 자의식으로 기울지 않으며 즐거움이든 불편함이든 시시각각 변하는 정동에 휩쓸리지 않는다. "어떤 무게가 닥쳐와도" 몸은 그것을 감당하며 삶을 영위할 수 있도록 한다.

물구나무를 서보면 안다, 몸이 감당하는 무게의 진실을. "머리는 몸뚱이를 감당할 수 없"으며 "그동안 건들거린 무게가/신발과 나란한 두 발이 아니라/가벼운 목과 정수리임을 꿍꿍"대며 깨닫는다. 머리가 지닌 자기기만은 몸이 지닌 실재를 외면하곤 "결국 쓰러지는 일/중간이 허물어지는 일"을 야기한다. 능동적 주체의 자리는 어쩌면 머리가 아닌 몸을 통해 가능한 것인지도 모를 일이다. 다시 말해 주어로서의 '나'는 실상 머리가 상상한 기만적 지위보다 오히려 몸을 통해 존재하는 삶의 장소일 수 있다. '나'를 오롯이 존재하는 주체로 세우기 위해 요구되는 건 짊어진 무게를 감당하며 몸의 단단함으로 "두 발 또 딛는 일"일 것이다. 물론 이때의 육체성이 가부장제의 남성적 위계 권력으로 전화되어서는 안 될 일이다. 일상적 삶을 위태롭게 하는 것은 '나'의 잘못이 아니다. 오히려 '나'에게 잘못이라 명명하는 남성적 권력에 의해서 '나'는 타자의 자리에 놓이며 실체적 위기에 처한다. 김려원 시인이 「어제의 표정」이나 「책상제국」 등의 시편을 통해 이러한 위계와 폭력을 고발하고 있는 이유이기도 하다.

흥미로운 점은 그럼에도 시인은 관계의 긍정성을 포기하지 않는다는 것이다. "당신과 내가 입술을 맞댄다는 건 보이지 않는 물관을 터뜨리는 일/마른 뿌리를 일으키는 일"임에 시인은 주목한다. 그것은 "서로에게 오롯이 들통나는 일, 들통나는 일이란/서로의 수액을 달달하게 불러내는 일"이면서 "꽃을 피"우게 되는 결정적 계기가 된다(「라일, 락」). 이를 단순히 남녀 간의 애정에 국한하여 볼 필요는 없겠다. "입과 술 사이로 새어 나와서/민낯에 내려앉던 꽃자리"(「먼 사람」)의 애틋한 사랑의 단맛은 "점점 좁아지거나 넓어지는 쓴맛의 구역"으로 말미암아 "묵묵히 감당해 나가"(「슈거」)야 하는 관계의 이중성을 은연중에 내포한 오래된 진리를 펼쳐낸 것일 수 있기 때문이다. 쓴맛으로 표현된 부정성은 "어울렁더울렁 묶인 하룻밤의 사랑이, 오롯이 버려진 나날"(「봉지의 수다」)이 될 수도 있고 가볍게는 헤르페스를 동반한 "원초적 오류"(「헤르페스 프로그래밍」)가 될 수도 있다. 그럼에도 김려원 시인은 타자의 영역에 기꺼이 스며들어야 한다고 말한다.

애초에 완벽한 관계란 불가능하다. 그러나 '나' 역시 또 다른 타자임을 인지한 채 불가능한 타자의 영역을 더듬어 "손은 손으로 맞잡아야 하는 것"(「보라」)은 결국 "내가 나를 만지는" 것이자 "소실점 너머로 좁다란 꽃"(「먼 사람」)을 피우는 능동적 수행임을 잊어서는 안 될 것이다.

'나'라는 타자를 주체의 정념으로 전유하여 다른 타자 혹은 세계와의 관계를 모색함으로써 정합적이고 합목적적인 동일성의 서정으로 시를 담아낸다는 것은 어려운 일이다. 이는 우리가 알고 있는 서정의 형태, 이를테면 자연에 기대어 삶을 다루는 방식이 실재적 삶과 유리되어 있기 때문이다. 그럼에도 '꽃'을 피우고자 하는 열망은 두껍게 감당하는 세계의 어떤 무게 때문일 것이다. '나'와 '너', '나'와 '세계'의 관계 맺음이 "발진만 돋게" 하는 "합성의 그악한 심성"(「폴리 혼방」)은 아닐 테지만, 연을 맺는다는 것은 그만큼 복잡다단한 삶의 층위를 온몸으로 감당하는 것인지도 모르겠다.

> 산속이 그리 무너지는 동안
> 들은 들대로 봄꽃 여름꽃 차례도 없이 피고 지고
> 탄차는 더 깊은 곳으로 잦은 꽃잎 실어 날랐지
> 노란 향 말라가는 방에서도 아기들 깃털같이 자라나
> 포르르 마지막 한 점 닫아걸 때까지
> 노란 방 번져난 거지
>
> —「모과의 방—가시내」 부분

> 하늘이 소리 없이 내려앉는 동안
> 미나리아재비 너머 산수유 지고 피고
> 갱도를 내달리던 탄차는 탐문을 피해
> 컴컴한 밥그릇에 며느리밑씻개 퍼다 날랐지
> 갈탄의 윤이 나는 출구 없는 방에서도
> 피붙이는 돌순으로 자라나

갱도를 발효하는 올록볼록 숨소리
　　　　　　　　　　　　—「모과의 방−사내」 부분

발 없는 새가 다녀간 노란 방 입구는
손마디에 퍼지는 달무리의 일
달무리의 안면에 맺히는 물방울의 일
새는 날았을까 발자국은 자라났을까
파드닥 솟구치는 물빛 아기
함정이 깊을수록 노란은 키가 자란다
　　　　　　　　　　—「모과의 방−가시내와 사내」 부분

　세 편의 연작시인 「모과의 방」은 각각 가시내와 사내, 그리고
그 둘을 초점화자로 놓는다. "석탄을 캐는 사내와/꽃만 믿고
부푼 가시내"가 신접살림을 차린 '노란 모과의 방'을 재현하는
이 연작은 초점화자의 기대와는 달리 부정적인 이미지로 가득
하다. '모과의 방'을 지칭하는 문장도 "둘이 붙어사는 집"이나
"두 마리 벌레가 기어들어간 집" 등으로 표현된다. 이는 그들
이 감당해야 하는 삶의 부정성을 의미하며 그것이 "출구 없는"
"함정"이 되어 그들을 옥죄리라는 것을 암시한다. 그러나 삶은
현재에 머물러 있는 것이 아니라 미래를 향해 거침없이 나아
가는 것이다. 부정적 상황에 처하더라도 그것을 감당하며 앞
으로 다가올 시간이 지닌 가능성으로 현재를 이으려는 능동적
수행에의 의지. 그것이 누적된다면 "노란 향 말라가는 방에서
도 아기들 깃털같이 자라나"고 "갱도를 발효하는 올록볼록 숨
소리"는 "파드닥 솟구치는 물빛 아기"가 되어 함정을 극복할 수

있게 될 것이다. 당연히 이는 "억만 년 번성하는 스펠레오뎀의 시간"처럼 가시내와 사내의 현재가 아닌 먼 훗날의 일이 될 수도 있겠지만, 그들이 이루어낸 단단한 가능성은 이후의 삶을 위한 "향기의 지도"가 될 것임은 틀림없다. 가시내와 사내의 관계가 서로에게 깃들여 발한 시간의 빛깔은 노란 방을 넘어 삶의 풍경이 자아내는 모든 시간대로 넘나드는 하나의 기원으로 우리에게 전달되고 있다.

각자의 뒷면에 기록됐으니까

어찌 보면, 김려원 시인의 시는 결연한 의지로 채워진 꿈처럼 보인다. 그렇기 때문에 시적 주체는 불안을 내면화한 채 폭력적 현실에 처해 있더라도 미끄러지고 쓰러져 좌절하지 않는다. 억압된 것은 회귀하게 마련이듯이 시인이 되짚어 어루만지는 존재는 깊은 어깨를 우리에게 내어준다. 그럼으로써 우리는 "오래 쓰라렸던 이름"(「굳은살」)이 '굳은살'로 박여 굴곡진 삶의 주름을 시간의 빛깔로 그려내는 시인의 시에 기대어 위안을 얻는다. '너'와 '나'의 경계는 관계를 맺는 데 거쳐야 할 생생한 경험인지도 모른다. 환대를 위해서는 완벽한 전체가 아닌 서로를 향해 내민 손을 맞잡는 소소한 행위가 요구된다. 이는 강제가 아닌 자발적이고 능동적 수행의 과정이라서 주체의 내적 단단함으로 이루어질 수밖에 없다.

　　서성거린 몸짓

두근거리는 숨길
나를 닮은 누군가의 행적

발도 신발도 없이 고래무늬 벽지를 깨우며 물결무늬 발자국
으로 다녀가는
아무도 모르는 나를 흩트려놓는

각진 그림자를 윽박지르며 검은 방을 풀어헤쳐놓는
내가 네모난 때의

돌아눕는 낌새에도 쿵쿵대는 귓속말
방문을 열어젖히고 가쁘게 밀려드는

이제 겉옷은 벗어도 좋다며
은밀한 속눈썹을 은근히 눕히는

두드린 적 없는 장면 속으로
들은 적 없는 누설을 끝내 범하고 달아나는

왕복하는 잠
언젠간 꿈의 이의를 받아들여
온 길을 가지도 간 길을 오지도 않는 날이 있을 거라는

　　　　　　　　　　　　　　　　　　　　—「잠입」 전문

　시집을 닫는 시 「잠입」을 길게 인용한 이유는 이 시가 김려원
시인의 시집을 통어하는 메타적 속성을 지니고 있기 때문이
다. 시인이 시를 쓰는 이유는 무엇일까. 자연의 아름다움에 동
일시하여 그 순간의 정서에 몰입하고 그것을 현시하는 데 있

진 않을 것이다. 또한 무정한 폭력의 세계를 그려내어 고통을
전시하는 데 있지도 않을 것이다. 그러한 일들은 예리한 감각
을 요구하면서도 합목적적 사유를 전경화하는 데 그칠 위험이
농후하기 때문이다. 그런 이유로 좀 더 근본적인 차원에서 완
전히 불완전한 존재의 내밀을 사유함으로써 아름다움이든 고
통스러움이든 그것을 경험하는 존재의 정동을 형상화하는 것
이 시의 본령일 것이다.

"아무도 모르는 나를 흩트려놓는" 세계를 진단하고 "내가 네
모난 때의" "각진 그림자를 윽박지르며" 제 삶의 당사자로 자신
을 놓음으로써 주체이면서 타자인 '나'의 다른 가능성을 배태
하고자 하는 일. "방문을 열어젖히고 가쁘게 밀려드는" 존재를
"은근히 눕히"며 그 당위에 공감하며 "두드린 적 없는 장면 속으
로/들은 적 없는 누설을 끝내 범하고 달아나는//왕복하는 잠"을
긍정하는 일. "언젠간 꿈의 이의를 받아들여/온 길을 가지도 간
길을 오지도 않는 날이 있을 거라는" 불안한 기대를 기술하는
일을 시로 수행하며 김려원 시인은 말한다. "서성거린 몸짓/두
근거리는 숨"을 지닌 "나를 닮은 누군가의 행적"을 살피는 일이
시가 있어야 할 장소라고. 그 가능성을 타진하는 빛의 꿈을 시
로 꾸는 일이 시인의 자리라고. 김려원 시인의 시집은 그곳에서
"저문 의자에 앉아/비스듬히 잠드는 반대편을 생각"하며 "애동
대동 빛"(「달빛의자」)나는 이름으로 기억될 것이다.

李秉國 | 시인, 문학평론가

천년에 아흔아홉 번

김려원 시집